こわれゆく世界……007
問題しかない！……090
動き出す歯車……171

レジェンドノベルス
LEGEND NOVELS

異世界再建計画 1

転生勇者の後始末

こわれゆく世界

1

不満というものを持たない人間はいないと思う。

他人から見たら順風満帆（じゅんぷうまんぱん）な人生だって、本人はもっと違う道があったんじゃないかと漠然と考えることがある。

べつに珍しい心理じゃない。

だからといって、

「こういうの、本気で求めてたわけじゃないんだけど……」

何もない空間を見つめ、私は呟（つぶや）いた。

荒涼（こうりょう）とした、という形容詞もつかない。本当になんにもない場所だ。

何かにたとえるなら宇宙の深淵（しんえん）、という感じなのだろうが、実際にそんなものを見た経験はないので、正しいかどうかは判（わか）らない。

判っているのは、少なくともここが恋人と待ち合わせをしていた札幌駅（さっぽろえき）南口コンコースではない、ということだけだ。

「あまり取り乱していないようだね」

男か女かも判別がつかない声が聞こえる。

しかし姿は見えない。

「……そうでもありません。色々限界ですよ」

肩をすくめてみせる。

上下の感覚すら不明瞭な空間である。

私が平静を保っているように見えるとしたら、多くの異世界転移ものの作品で語られてきたことを、追体験として受け入れているからにすぎない。

「私は死んだのでしょうか？」

トラックにはねられた記憶とか、まったくないのだが。

「風間エイジくん。君は死んでなどいない。どうしてそういう解釈になったのか、むしろ問いたいほどだよ」

声が私の名を告げる。

個人情報を知られている、ということに恐怖は感じなかった。

むしろ、そういう次元はとっくに通過している。

「状況の説明をおこなおう」

言葉とともに、何者かが姿を現した。

女性である。

妙齢の。

「……女神さま、ですかね？」

「なるほど。君にはそう見えるわけか」

「というと？」

「この姿は、君の心象をかたどっているにすぎない。簡単に言うと、このような局面で説明役を務めるのは女神またはそれに類するものであろう、と、君が思っているから、そう見えるというだけだね」

「ははあ……そういうものですか……」

曖昧に頷く。

正直、この女性が言っていることのすべてを、私は理解したわけではない。

もちろん納得したわけでもない。

とはいえ、ここで話の腰を折っては、いつまでも先に進まないのだ。

異論も反論も、相手の言い分を聴いてから。

「君にやってもらいたいことがある」

じっと女性が私を見つめる。

なかなかに美しい顔立ちだし、情感たっぷりの表情だ。

妄想がカタチになったものだというなら、どうにも私は面食いということになってしまう。

恋人とまったく似ていないという点について、心の中で謝罪しておく。

「別の次元、君たちから見れば異世界ということになろうか。そこを救って欲しい」

「……予想していなかったわけではありませんが、いざ実際に聞いてみると、陳腐（ちんぷ）きわまりないですね」

思わず苦笑する。

選ばれし勇者が世界を救う。

多くのファンタジー作品で描かれてきたテーマだ。

しかし、それはフィクションだから許されることである。

たったひとりの勇者に救われる世界とか。どんだけ安いんだって話だろう。

私だって、伊達（だて）や酔狂で三十一歳まで生きてきたわけではない。その程度の理屈は判る。

人間ひとりにできることなどたかが知れているし、仮に最善を尽くしたところで、完璧からはほど遠い。

「事態が陳腐きわまりないからね。説明もまた陳腐になってしまう」

女性もまた苦笑いを浮かべた。

「ふむ？」

「救うというのは語弊があるかもしれない。実際におこなうのは修理だよ」

「修理ですか？」

「ああ。君の同胞（はらから）によって壊されかけている世界の修理」

表情を変えないまま女性が説明する。

その世界には幾人かの日本人が赴いたという。

そして様々な知識を伝え、様々な変革をもたらした。

「現代知識無双や俺つぇーですね。それが悪いと思ったことはないのですが」

「本来、べつに悪くも何ともない。幾度でも例のあることだしね」

「そうなのですか？」

「君たちの世界も同様だよ。種々の介入があり、影響があり、今のカタチになった」

それは、たとえば先進国が発展途上国に対しておこなう政府開発援助(ODA)のようなものだ。

先達の文明を持つ世界が、後発の世界に知識や技術を供与する。

そうやって連綿と宇宙の歴史は紡がれてきたのだという。

言われてみれば、地球の技術革新だって停滞したり急加速したりしている。

古代ギリシャ文明の時代に、この惑星が球形だと唱えられていた、などという説もあるくらいだ。

外洋を航行する術すらない時代に、である。

ふうと息を吐く。

少しばかり話が壮大すぎて、理解が追いついてこない。

「つまり、要約すると、私は他の日本人が送り込まれた世界に行き、彼らがしでかしたことを収拾する、ということでしょうか」

「大筋において間違った解釈ではないね」

「なぜ、私なのでしょうか？」

これは誰しもが持つ疑問だろう。

今度こそはっきりと美女が笑った。

「とくに深い意味はないよ」

「んな理不尽な……」

「強いて理由を挙げるとすれば、これまで送られたタイプとは点対称になるような人間を選んでみた、というところかな」

「それは……」

私は知っている。

昨今、世に氾濫する異世界転移や異世界転生を取り扱った作品、その多くにおいて、主人公は不遇である。

引きこもっていたり、いじめを受けていたり、育児放棄や家庭内暴力に晒されていたり。

たぶん、私のような平々凡々たる人生行路を歩んできた人間は存在しない。

ごく普通の家庭に生まれ、特筆すべき点もないような幼少期を送り、ありふれた高校から三流の私立大学へと進学し、卒業後、とくに疑問もなく地方公務員となって区役所に奉職する。

二十代のうちに主事から主任へと昇進したのは、べつに早い出世でもなければ、遅いわけでもなく、普通だ。

恋人もいる。

四歳年下の二十七歳で、つきあい始めて三年。互いの両親への紹介も済んでおり、来年に挙式の予定である。

「よほどのことがない限り倒産もなければ解雇されることもない職場、休日も暦通りにあり、余暇を楽しむ余裕もある。そして将来を誓った婚約者とは仲睦まじく、互いの趣味を尊重しあえる。まさにリア充というやつだね。うらやましい限りだよ」

異世界に思いを馳せる必要などない。

現状で、おおむね満足を得られている。

「つまらない人生ですよ。波乱もなければ冒険もない」

「その台詞は、多くの者たちを敵に回すだろう」

「でしょうね。日々の暮らしに窮している人がいることも、将来に夢も希望も抱けない人がいることも知っています」

美女の苦笑に、私も苦笑を返す。

自ら望んだ道だ。

生まれ落ちる場所や性別を選ぶことはできないが、進学先や就職先を選ぶことはできる。

私は、私の意志によって凡愚の道を歩んでいる。

「すなわち、これまで送られた人物像とは点対称だ。ゆえに君を選んだ」

まさに平凡な人間に訪れた転機である。

「……拒否することは可能ですか？」

「可能だ。だが、君は拒否したいのかな？」

「…………」

お見通しというわけだ。

たしかにこの空間にきたときから、私はわくわくしている。

心が騒ぎ出している。

何かが始まる。そんな予感だ。

しかし、私は踏み出すことができない。

今の生活から。

両親も恋人も、友人たちも、私にとって愛すべきしがらみだ。

捨てるわけにはいかない。

「君が向こうで死んだら、今この時間に戻そう」

ためらう私に、美女が条件をつける。

「死んだら？」

「病死、戦死、老衰死。種類は問わない。とにかく時間は君の一生分だよ。その期間でベストを尽くしてくれれば良い」

「ベストって……結果は？」

「それも問わない。最善を尽くしても駄目なときは駄目だから。大切なのは結果ではなく手を尽くしたか否か、という点。君にならわ判るだろう？」

無茶苦茶である。

しかも、私にならわかるときた。

「それは、官僚的な意味ですかね」

「その通り」

「最悪ですね」

役人の世界では、結果というのはさほど重要視されない。

努力をせずに成果をあげるより、努力はしたが成果があがらなかったという方が尊ばれる。

五分間で素晴らしい成績を残すよりも、定時いっぱいまで頑張って、それでも成績を残せない方が良しとされるのだ。

「私たちの業界でも大きな違いはない。現地神より、ここから引っ張った人間たちがひどいとクレームがきた。ゆえに、それらとは違う個性を持ったものを派遣する、という運びになったのだよ」

私が良い結果を残せれば、それはそれで良し。

残せなければ、この世界の人間は駄目だと思われるだけだ。

今後、引っ張られる人間もいなくなる。

それだけの話である。

「なんか、ずいぶんと事態を投げているように思えますが……」

「私はね。風間エイジくん。世界渡りという制度があまり好きではないのだよ。栄えるにしても滅びるにしても、その世界に住まう者たちの責任において為されるべきだと考えている」

「なるほど……」

「では問おう。風間エイジくん。応か否か」

2

神は何もしない。

人間がどれほど驕り高ぶったとしても、怒り狂って天罰を与えたりしない。

人間がどれほど困窮し、たとえ滅亡の危機にあったとしても、手を差しのべることもない。

ただ見ているだけだ。

無感動で無関心な観客のように。

しかし、それは間違った考え方ではない。

人類に危機が訪れるたびに、神なり超人なり光の戦士なりが降臨して助けてくれて、人々を良い方向に導いてゆく。

冗談ではない、と、私は思う。

少なくとも、そんなものは人間の歴史とは言わないだろう。

超越者に助けられるだけの引き立て役。

それが人類の役割か。

そんなわけはない。

これまで人類の危機は人類によって救われてきたし、今後もそうだろう。

もし、万が一、どうしても人類の手に余る事態になったのならば、そのときは助けてくださいと頼む。

どうかお慈悲をと額を地面にすりつける。

もちろん相手方が、それで動いてくれるかどうかは別の問題だ。

「とはいえ、政府開発援助みたいなものだと言われたらなぁ」

ぼりぼりと私は頭を掻いた。

目前に広がるのは、札幌駅前の光景ではない。

どこまでも続く緑の草原と一本の道。

ちょっと日本とは思えない景色だが、いかに祖国とはいえ、すべての情景を熟知しているわけでもないので、日本ではないと断定することはできない。

「いやまあ、ここが異世界なんだろうけどね」

断定できなくても、疑う要素がないのも事実だ。

あの美女——結局、神とは名乗らなかった——が、それ以外の場所に送り出す理由がない。

私は、彼女の依頼を引き受けた。

あっしには関わり合いのない話でござんす、と、断ることは簡単だった。

いくら日本人がしでかしたことだからといって、私個人が責任を取るべき筋のものではない。

まして、呼び出したのは異世界の方であり、その結果について元の世界の責任を追及するのは、あまりにも理屈が通らないだろう。

予測するべきだったのだ。

鬱屈(うっくつ)した生活を送っている人間が、突如として巨大な力を持ち、他人の運命をも左右できる立場になったら、どのような行動を取り、どのような結末に至るか。

取扱説明書(とりせつ)に記載されてる以外の使用法をした場合、どんな家電製品も保証の対象外である。

本来であれば、修理のために誰かが派遣されるのはおかしいのだが、クレーム処理みたいなものだという。

「馬鹿馬鹿しくなるけどね」

「その割には、悩んだ時間は短かったがの」

「まあね。じつはそこまで立派な理屈を考えていたわけでもないんだ。楽しそうだ、と、思ってしまった」

安定した仕事。

愛すべき恋人。

大切な家族。

不満があったわけではない。だが、心のどこかで憧れていた。

今とは違う人生に。

「だから、ベクトルが違うだけで、動機は同じなんだ。私もまた鬱屈していたということなんだろうね」

「難儀な生き様じゃの」

「まったくだよ。ところで」

私は視線を動かし、先ほどから親しげに会話をしているモノを見つめた。

青とも緑ともつかない鱗に覆われた身体。

首が長く、頭には角があり、背中には申し訳程度に翼がついており、力強そうな尻尾がぴったんぴったんと地面を叩いている。

ファンタジー世界の定番、ドラゴンだ。

ただ、そんなにボリュームはない。

せいぜい私と同じくらいの体長である。

「君はいったい、何者なんだい？」


「説明すると長くなるゆえ、かいつまんで言うと、エイジの相方じゃな」

「かいつまみすぎじゃないですかねぇっ!?」

相方はちっこいドラゴン。

それだけでは、なんぼなんでも説明不足である。

「ち」

「今舌打ちしたなっ」

「ちなみに竜の舌打ちはタンギングといってたの。ブレスを吐くときの火打ち石のような役割じゃ」

「ねえっ！　その説明必要だった⁉　必要だったの⁉」

「様式美じゃ。ともあれ、我はようするにインターフェイスじゃよ。汝らは情報を得たり整理したりするのに、相手と顔を合わせている方がやりやすかろう」

大口を開けて笑う。

びっしりと並んだ牙がちょっと怖い。

つまり、この竜はこの世界に不慣れな私を案内し、補佐するための存在ということである。

どうして人間の姿ではなく、竜なのかといえば、たぶんこれも様式美とかそういうものなのだろう。

まあ、あの空間で会ったような妙齢の美女だと、私の方が困ってしまうのは事実だったりする。

恋人というか婚約者のいる身で、美女と二人旅というのは色々とまずい。

自分のことを肉食系だと思ったことなど一度もない私だが、人並み程度に性欲はある。

どうやっても恋愛対象になりようのない相方の方が、なにかと問題は起きないはずだ。

きっと。

「趣旨はだいたい理解したよ。君のことは何と呼べばいいのかな？」

「我に名前はない。好きなように呼んでかまわぬぞ。アヤノとか」

「自分の恋人の名前を付けるのはちょっと……」

「ならば、ジークとかでもかまわぬ」

「元ネタが判らないよ……私の名前はバンじゃないよ……」

「んむ。おおむね知っておるな。そもそも汝、生まれていたか？」

「じつは、どストライクだね」

私の生まれは一九八六年。

当時は中学生くらいだった。

わりとどうでも良い話である。

「ちなみに君の性別は？」

「メスじゃな」

「ならティアマトにしようか。愛称はティアで」

メソポタミア神話に登場する竜神の名である。

女神だったというから、そう的はずれでもないだろう。

「適当じゃのう。オスだったらどうするつもりだったのやら」

「バハムートとか、そのへんで」

「エイジの知識は、神話というよりゲームが元になっているようじゃな。バハムートが竜として描かれるのはD（ダンジョンズ）&D（ドラゴンズ）以降の話じゃぞ」

「博識だね。ティアは」

「おそらく必要だろうと推測される知識と、たぶん必要ないだろうと思われる無駄知識は、だいたいインストールされておるからの」

「なんで後者を入れたのか……」

「ウィットに富んだ会話のためじゃな。異世界ぼっちというのも寂しいじゃろうという配慮じゃ」

「格別のご高配、ありがとうございます」

苦笑する。

私自身、そうコミュニケーション能力が不足しているという自覚はないのだが、文化も風習もわからない異世界で、いきなり人の輪に飛び込んでいけるかと問われれば、首を横に振らざるを得ない。

そもそも言葉だって通じるかどうか。

心づいてティアマトに訊ねてみる。

「そこは問題なく通じる。言語等の本当に最低限のコミュニケーションツールは、エイジにもインストールされておるからの」

返ってきたのは、じつに頼もしい答えだった。

どうやら私も世界渡りとやらをするときに、色々といじられたらしい。

これは、チート能力とかも授かっている可能性がある。

「ないぞ？　エイジに特殊能力なんぞ」

「くっそっ。訊く前に否定されたっ」

「我の話をどこで聴いておったのじゃ。最低限のツールと言ったじゃろうが」

「……見事な追い打ち、ありがとうございます。ちょっとくらい夢を見たっていいじゃないか」

「にんげんじゃものな。てぃあを」

「ウィットに富みすぎじゃないですかねぇ」

観客もいないのに漫才を繰り広げつつ、私とティアマトは街道を歩く。

私に特別な力が与えられていないのは、この地の神を慮(おもんぱか)ったためらしい。

まあ、チート能力を持った日本人にさんざん掻き回(かきまわ)された後では、多少は神経質(ナーバス)になるだろう。

ずいぶんと人間くさい話ではあるが。

「地球の神話大系の神々も、けっこう人間くさいがの」

そりゃそうだ。

多くの場合、神というのは人間が作ったものである。

そういうと語弊があるが、神というのはようするに人間の想像力や信仰心が生み出した存在だ。

ゆえに、人間の想像を超えるような姿をとることはないし、性格だって人間に近い。

「その意味では、私の会ったカミサマはドライだったね」

「アレはべつに神ではないからの」

「そうなのかい?」

「もう少しばかり現実的な存在じゃな。恒星間国家連盟(リーグ)の監察官(インスペクター)じゃよ」

「それのどこが現実的なのか問いたい。問いつめたい」

「問いつめるのはかまわぬが、詳細を解説するには多少の時間を要するぞ?」

「多少ってどのくらいだよ?」

「エイジの頭脳で理解可能な用語に置き換えながら話せば、四年くらいかの」

「OK。ティア。ほぼ神ってことで」

「賢明な解釈じゃ。さて、無駄話に興じている間に目的地が見えてきたようじゃぞ」

はるか視線の先だ。

けっこう威圧的な街門が見える。

もちろん門だけでなく、ぐるりと街を囲っているであろう街壁も。

「アズール王国の王都、リシュアじゃ」

「大きな街だね。美味(おい)しいものはあるのかな？」

旅行先で最初に期待するモノは料理というのは、べつに私に限った心理ではないだろう。

知らない街に行ったら、まずは美味(うま)いものを食べたい。

「エイジには珍しくもないのかもしれんがのぅ。コメの飯が食えるじゃろう」

苦笑するようにドラゴンが言う。

「コメがあるんだね」

「ある。それも銀シャリじゃ」

「銀シャリて……」

ティアマトの古くさい言い回しに笑いそうになった私だが、その笑いが半ばで凍り付いた。

白米のみを炊いたご飯のことである。

それの何がおかしいのかと現代人ならば考えるだろうが、それはまさに現代人だからだ。

日本だって昭和の初期まで、庶民は普通に玄米を食べていたのである。

なんで中世ファンタジー世界に白米があるのだ。

「エイジや。もう一度言っておくぞ。ここは汝ら日本人が、わやにしてしまった世界じゃ」

3

わや。

私の出身地である北海道(ほっかいどう)の方言で、滅茶苦茶(めちゃくちゃ)で手の付けられないような状態のことを指す。

北海道弁を話すドラゴンというのは、だいぶシュールだと思うが、この国に起こっている事態はもっとずっとシュールである。

中世風ファンタジーの世界に白米とか。

どーすんだよこれってレベルだろう。

「これを元の状態に戻せってことなのか……？」

「無理じゃよ」

私の呟きにティアマトが返した言葉は、じつに素っ気ないものだった。

視線で問い返す。

「ひとたび豊かな生活を知ってしまえば、もう不便さを受け入れることはできぬ。エイジは知っているのではないか？」

「……ぐうの音も出ないね」

事実である。

私は文明人だ。いまさら原始人の生活になど戻れない。

きんきんに冷えたビールが飲みたいし、清潔な風呂にも入りたいし、快適な家に暮らしたいし、パソコンや携帯端末で簡単に情報を得たいし、お菓子も料理も手軽に手に入れたい。

社会全体に敷衍（ふえん）して考えても同じだろう。

停電などが起きるとよく判る。

現代人がどれほど電気に依存した生活を送っているか、ということが。

そして、それを捨てることができないということも。

東日本大震災以降、日本の電力事情は逼迫（ひっぱく）している。頼みの綱である原子力発電が事実上ストップしているのだから当然だ。

それに代わって自然エネルギーを利用した発電が脚光を浴びているが、さすがに不足分を完全に補うには至っていない。

にもかかわらず、節電に心がけた生活を送っている日本人が、世にどれほどいるだろうか。

もちろん私自身を含めて。

ティアマトが言うように、生活の質を落とすことができないのだ。

私は職業柄、市民の相談を受ける機会もあったが、まだ新人と呼ばれていた時代にこんなことがあった。

たしか納税の相談だったと記憶している。

事業が上手くいっておらず生活が苦しいので納税できないとか、そういう話だ。

バブル崩壊後、この国の経済は低迷を続けており、いっこうに上向く気配がない。

そういうものなのだろうと聴いていた私は、相談者の一言に目が点になった。

曰く、夫婦ふたりの生活で、どう節約してやりくりしても月に四十万円はかかる、と。

思わず頭突きをかましてやろうかと思っちゃったほどである。

当時、大学卒の職員の初任給は十六万円ちょっと。

そこから保険料だの税金だの諸々引かれて、手元に入るのは十四万円ちょっとだ。

一ヵ月の生活に、どうして私の給料の三倍近い金銭が必要になるのか。

好きなだけ飲み食いして、好きなだけ遊び歩いて、自分たちは節約していると主張する。

あげく、公務員は税金で食えるから気楽で良いとか。

くそ。思い出したら腹が立ってきた。

「戻ってこいエイジ。汝はどこに旅立っておるのじゃ」

「ごめごめ。ちょっと思い出し怒り」

「思い出し笑いなら判るがの。新しい用法じゃのう」

罪もないアズール王国の地面に、やり場のない怒りをぶつけていた私にティアマトが呆れる。

「生活のグレードを落とすことは難しいって話だよね。趣旨は理解したよ」

「んむ」

結局、成長してしまえば、赤ん坊のころに寝ていたベビーベッドに寝ることはできないのだ。

文明の味を知った異世界の人々を元の生活に戻そうとしても、不可能な話だろう。

「いっかい全部ぶっ壊す、とかしない限りの」

「それは地球にも言えることだね。すべての文明が破壊されてしまえば、否応なく原始の生活に戻るしかない」

「地球よりは簡単じゃ。知識はまだまだ一部の者たちに独占されているからの」

「その比較はおかしいと思うけど、私にできることでもないよね」

すでに広まった知識を奪うのは難しい。

独占されているなら、ノウハウを知る人間だけを殺すという手もあるだろうが、それは不可能である。

貧弱な地方公務員たる私にそんな戦闘力はないし、仮にあったとしても、人殺しなどしたくない。

「んむ。知っておる。ゆえにエイジがすべきことは、今の段階では判らぬ」

「そうだよね……」

簡単な話ではないのである。

現地神はなんとかしろといったらしいが、なにをどうすればなんとかなるのか、どのような状態をなんとかなったというのか、それすらも判らない。

「まずは、どのような問題が起きておるのか。知る必要があるじゃろうな」

くあ、と、ティアマトが大あくびをした。


あたりまえの話だが、街に入るときには検問があった。

「若者よ。貴殿は何処(いずこ)から参られた」

槍(やり)を持った兵隊さんが訊ねてくる。

門兵なのだろう。立派な口ひげをたくわえた偉丈夫、といいたいところだが、身長は私より低い。

百七十センチに届くか届かないか、という感じだろうか。

私には、見ただけで身長体重やスリーサイズが判るような特殊能力は備わっていないので、細密な数値としてはかなり疑わしい。

それにしても、若者とは。

三十を過ぎると、もうあまり若いとは言ってもらえなくなる。

よくあるのが青年だろうか。

ちなみに青年会議所という組織は四十歳が定年らしい。私が青年と呼ばれるのも後九年という哀(かな)しい現実だ。

「旅の者です。出身地は……」

「竜郷じゃな。我はティアマト。こちらはエイジ」

「なんと。神仙さまであられましたか。これは失礼を」

「んむ」

ティアマトが軽く頷く。

ちらりと私を見たのは、ここは任せろという意味だろう。

「本来、俗世には関わらぬ我らであるが、アズールの繁栄ぶりに興味を惹かれ、物見遊山にあい参った。入城の許可を頂けるであろうか」

朗々と告げる。

なかなか堂に入った姿だ。

モノがドラゴンなので、けっこう威圧感もある。

「左様な次第でしたら歓迎いたします。こちらに必要事項をお書きいただけますか。神仙さま」

自国を褒められて上機嫌の兵隊さんに案内され、選挙の記載台のようなものが置かれた場所に向かう。

渡されたのは紙とペンだ。

おいおい。この世界はいったい何世紀に相当するんだ?

わら半紙のような更紙とはいえ、こんなものが普通に流通するようになったのは日本でも明治に入ってからだ。

そしてペン。

インクを内蔵したこのようなタイプのものは、一八〇〇年代に入ってから登場したはずである。

なんというか、日常生活に不都合をなくすために、じつにいい加減に出鱈目にできているようだ。

紙に向かいながら、そんなことを考える。

記入するのは私だ。

さすがにティアマトの手は、ペンを持つには不向きである。

さらさらと書き込んでゆく。

ちゃんとこの世界の文字は読めるし書けるようだ。

「あれ？　ティアはいくつだっけ？　年齢」

「知らぬ。そもそも我らは齢を数える習慣を持たぬ」

「そうなのか……こまったな……」

あるいはティアマトは私が転移した際に作られたのかもしれないが、まさかゼロ歳と書くわけにもいかない。

空欄がある状態で提出して良いものなのだろうか。

「問題ありませぬ。形式的なものゆえ」

救いを求めるように兵隊さんを見たら、大きく頷いてくれた。

形式だからこそ、体裁を守るのが必要なのではなかろうか。

などと思わなくもないのだが、わざわざ虎の尾を踏む必要もない。

愛想笑いなどを浮かべつつ、けっこう空欄のある書類を手渡した。

「ほほう。エイジさまは三十一歳と！　やはり神仙の方は我らとは歳月の降り方が異なるのですな！」

なんか驚いていらっしゃる。

私が三十路（みそじ）だと何か問題でもあるのかこんちくしょう。

「とても私より十も年長のお方とは思えませぬ！」

「はあ、そうなのですか……って十⁉」

思わず素（す）っ頓狂（とんきょう）な声をあげてしまう。

この兵隊さんが二十一歳？

どう見ても四十代の中盤だろう。

と、そこまで考えて、私はある可能性に思い当たった。

4

江戸時代、日本人は現代よりずっと老けていた。

正確な統計があるわけではないし、写真とかがあるわけでもないので、きちんと検証できるわけではない。

平均寿命が、というのはあまりアテにならない。乳幼児死亡率が高く平均が押し下げられるためである。

統計のある一八九九年では十五パーセント以上。明治三十二年の数字だ。

理屈として、十人中八人くらいしか五歳をこえて生きられないという意味である。

近代化のだいぶ進んだ明治時代でこの状態だ。

江戸時代が、それより数値が良いはずもなく、もっとずっと多くの子供たちが亡くなっているだろう。

平均寿命という発想だけでは計れない。

一八九一年、つまり明治二十四年の数字で四十四歳くらいの平均寿命だ。

ちなみに平均寿命というのは、死亡した人の平均年齢ではなく、その年に生まれた人が何歳まで生きられるか、という数値をグラフ化したものである。

明治二十四年生まれの人は、とくに何の問題もなければ男性なら四二・八歳、女性なら四四・三歳まで生きることが可能だった、という意味になる。

では、五十歳をこえて生きる人がいなかったか、ということになれば、答えは否だ。

当時でも長命な人はいた。

ただし、現代の日本人より長生きだったか、と問われたならさすがにそんなことはない。

五十歳くらいともなれば、もう老人だ。

わりとちゃんとした写真が残っている人で、夏目漱石（なつめそうせき）あたりを例に挙げると、お札にもなったあの写真はいくつに見えるか？　という話である。

念のために言っておくと、彼は四十九歳で亡くなっている。

江戸時代に敷衍して考えてみよう。

まず栄養状態が違う。

骨や筋肉を強くしてゆく食材など、ほとんど口に入らない。

化粧品やケア商品だってない状態で過酷な労働をしているのだから、お肌だってぼろぼろだ。

どこまで本当かは判らないが、現代人より二十歳ほどは老けていた、などという説もあるほどである。

となれば、二十一歳の兵隊さんが四十代半ばに見えるのは、そう異常なことではないのかもしれない。

「いや。神仙さまはうらやましいですな。さぞ長命なのでしょうなぁ」

「……どうでしょうね」

曖昧に言葉を濁しておく。

もし彼らの平均寿命が四十歳程度だとするなら、私たちは二倍近くも生きることになるのだ。

さすがに笑いながら語るような話題ではないだろう。

「では、ゆるりとリシュアをお楽しみくだされ」

書類を受理し、槍を掲げてみせてくれる兵隊さん。

好漢というべき人物だった。

「なにやら思い届しておるようじゃの。先ほどから」

目抜き通りを歩きながら、ティアマトが口を開く。

「さっきの兵隊さんの年齢とか、色々ね……」

「エイジより年かさに見えた、とか、そういうことかの？」

「まあねぇ……」

そりゃあ考えるところのひとつやふたつくらいはあるだろう。

私は現代人で、彼は異世界人だ。

文明の違いといってしまえばそれまでだが、自分の寿命の半分しかない人間を見て、なかなか虚心ではいられない。

「ふむ。二十歳そこそこであれでは、おなごの方も期待薄だと思ったわけか」

「いやいや。いやいやいやいやっ！　おかしいよねっ！　なんでそういう解釈になったのさっ⁉」

「はて？」

ドラゴンが首をかしげる。

可愛くなんぞない。

「私にはちゃんと恋人がいるから！」

「そこはそれ。現地妻というやつじゃ。リゾ・ラバでも良いぞ」

「生々しいっ！　あと後ろのは意味が判らない！」

「一九八九年のヒット曲じゃ」

「しるかーっ！」

当時、私はまだ三歳である。

「バブル時代を象徴するような曲じゃ。崩壊とともにその言葉も廃れ、今では死語となったがの」

「誰が解説しろと……」

相変わらず、謎の引き出しの多いドラゴンだ。

インストールされた無駄知識とやらの恩恵か。

本気で無駄な知識である。

「まあ、良いではないか。我らはしょせん異邦人じゃ。情を移さば、互いに不幸になろうぞ」

……こいつ。

私の気を紛らすために、わざとおかしなことを言ったのか。

なんてやつだ。

「……借りとくよ。ティア」

「返すときは、多少の利息をつけるのじゃぞ」

「りょーかい」

さて、多くの異世界ファンタジー作品で描かれてきたように、リシュアの街にも冒険者組合があった。

「そりゃあるじゃろうよ。名称はともかくとしても、同業者が連合を組むのは歴史の必然というやつじゃ」

ティアマトの言うことはもっともである。

冒険者でも何でも屋でも万屋（よろずや）でもいいが、個人で仕事を受けようとしても簡単なことではない。

まして現代のような広告戦略は使えないのだ。

テレビもラジオもネットもない世界である。

自分はこんな商売をしていますよ、と宣伝するのも容易ではない。

店舗を持つ者ならば看板を掲げることで客を呼び込むことが可能だが、ほとんどの人はまずその次元まで昇ることが難しいだろう。

だからこそ、看板というのは信頼の証（あかし）でもあった。

「個人で仕事を取れないから、同業者組合（ギルド）をつくって仕事を受けやすくする。うん。自然な流れだね」

「自然発生したならば、そういうことになるじゃろうな」

皮肉げに言ったティアマトが、尻尾をびったんびったんと地面に打ち付ける。

冒険者ギルド。

ここが最初の目的地だ。

もちろん私たちは、ギルド員に登録するためにきたわけでも、仕事を斡旋（あっせん）してもらうためにきたわけでもない。

「まあね」

私は肩をすくめた。

考えてみずとも、冒険者(アドベンチャラー)などという職業が、一般的であろうはずがない。

遺跡に潜ります。

モンスターを退治します。

薬草を採ってきます。

旅人の護衛をします。

これらが職業として成り立つような世界というのは、やはりフィクションだけなのである。

最初のひとつは論外としても、他のものだって腕におぼえがある者が従事しなくてはならないのなら、国なり街なりが対応に乗り出さなくてはいけない事態だ。

外敵の脅威が至近にまで迫っている、ということなのだから。

無頼漢のような連中に丸投げしている場合ではない。

「そもそも、冒険者とはなんぞや、という部分の話からじゃがの」

傭兵(ようへい)なのか。

山師なのか。

探偵なのか。

便利屋なのか。

「どれにしたって、そんなに需要のある仕事じゃないさ」

苦笑しながら、私はギルドの扉を開いた。

広いホールにはいくつかのテーブルセットが置かれ、壁には依頼を張り出すためだろう掲示板がかかっている。

そして奥には受注カウンターのような場所があった。

ホール内には何組かの客がたむろしている。

おそらく冒険者パーティーなのだろう。

あまり友好的ではない視線を、私たちに注いでいる。

目立つのは間違いない。

私のようにでかい人間と、人間サイズのドラゴンの取り合わせである。

お約束を踏襲するなら、ちんぴらっぽいのが絡んでくる流れなのだが、残念ながらただ見られているだけだ。

もっと私を見て！　という趣味は持っていないので、居心地が悪い。

受注カウンターへと歩を進める。

「あの……」

「ご依頼ですか？　それともご登録ですか？」

対応してくれたのは女性職員だ。

柔らかな口調とにこやかな表情。受付の鑑みたいな人である。

年齢は四十代前半に見える。

ということは、二十歳そこそこなのだろう。

「いえ。どちらでもなく、少しお話を伺いたいのですが」

「どのようなことでしょうか？」

小首をかしげる。

可愛らしい仕草だ。四十代の女性には似合っていないが、きっとこの人は二十代である。

目前の事象と持っている常識が、うまく嚙み合って(アジャストして)くれない。

「このギルドの成り立ちについて、少し興味がありまして」

「はあ……」

不思議そうな表情。

それはそうだろう。

こんなおかしな質問をする人間は滅多にいないだろうから。

それに、たぶん受付嬢に答えられる類(たぐい)の質問でもない。

権限的な意味ではなく、知識的な意味で。

上役なりに取り次いで欲しいところだが、さて、どう言ったものか。

「娘御(むすめご)よ。我らは旅の神仙での。俗世の様子にいささかならず興味がある。このギルドのことも知りたいゆえ、ギルド長を呼び出してくれぬか？」

私が困っていると察したのか、ティアマトが助け船を出してくれた。

ていうか、自分で神仙とか言っちゃうんだ。

もう少し慎みを持っても良いと思うな。

などと考える、謙虚さを美徳とする日本人の私だった。

5

「神仙さま⁉　これはご無礼を。少々お待ちください」

恐縮の体で、受付嬢が奥へと引っ込んでゆく。

効果覿面である。

それだけではなく、ホール内もなんとなくざわついていた。

「こういうときは変に遠慮などせぬものじゃ。エイジよ」

リシュアの街に入るとき、私たちは神仙ということで門をくぐった。

一度そう名乗った以上、二度でも三度でも同じである。

ましてアピールポイントなのだから、積極的に言った方が良い。

就職面接の心得である。

この場で必要かどうかは、けっこう微妙だ。

黙ったまま、私は肩をすくめてみせた。

判っていても、長年培ってきた習慣というものはなかなか抜けない。

「勿体つけて最後まで印籠を出さないタイプじゃな」

「最初に出したら話が成立しないでしょ」

「エイジ好みに面白くしても意味がないからの」

無駄知識に基づいた無駄問答をしている間に、責任者と思しき人物を伴って受付嬢が戻ってくる。

恰幅の良い中年男だが、見た目から年齢を推し量ることは私には難しい。

何年かここで暮らせば目も慣れてくると思うのだが。

「お初にお目にかかります。神仙さま。冒険者ギルド、リシュア支部を預かりますガリシュと申します」

「これはご丁寧に。私はエイジ。こちらはティアマト。以後お見知りおきを」

男の一礼に対して私も頭を下げた。

丁寧な一次接触というのは、日本で社会人をやっていれば当然のように身に付くスキルだ。

初対面の相手にいきなりタメ口とか使っている主人公がファンタジー作品などで散見されるが、そんなことをしてしまえば、たいていの折衝は不調に終わるだろう。

頭で思うことと口に出すこととを使い分けるのが大人というものだ。

まったく、高尚でもなんでもない話である。

「当ギルドの成り立ちについてお知りになりたい、とのことでしたが」

「んむ。我の記憶違いでなければ、百年前はこのような組織はなかったはずじゃからの」

答えたのはティアマトである。

本当に彼女が百年前の知識を持っているかどうか、私には判らない。

「左様(さよう)です。冒険者ギルド自体、五十年ほど前に作られた組織ですので」

「ほほう。若い組織なのじゃな」

ティアマトにかかれば、創業五十年の老舗(しにせ)も若いということになるらしい。

ガリシュ氏はべつに機嫌を損ねなかった。

むしろ誇らしげである。

新進の組織が、なみいる同業組合を押しのけて力を持った。

矜持(きょうじ)だろうか。

いつだって、伝統や格式というのは立ちふさがる壁だから。

「神仙さまに立ち話というのも失礼の極み。どうぞこちらへ」

誘(いざな)ってくれる。

突然の来訪(アポなし訪問)という失礼をしているのは私たちである。

あまりに歓待されると恐縮してしまう。

「ご都合は大丈夫ですか？　もしアレでしたら日を改めますが」

アレってなんだとは問わないで欲しい。

ジャパニーズソリューションというやつなので。

「問題ありませんよ。最近は仕事も妻に任せきりでしてな」

ちらりとガリシュ氏が受付嬢に視線を送る。

なんと、細君(おくさん)だったらしい。

家族経営である。

「どうにも身体がだるくていけません。充分に休息は取っているはずなのですが」

おいおい。

病人ってことじゃないですか。

ますます私たちと話している場合ではないだろう。

「そのような事情でしたら、無理をせず休まれた方が……」

「気怠(けだる)いだけですので。一応、医者にも診(み)せましたが、とくに病ではないとのことでした」

この世界の医療水準を私は知らない。

医師の診断を鵜呑(うの)みにして良いものか、その判断を現時点でくだすことはできない。

できないが、改めて観察すると、ガリシュ氏の体調は良くなさそうではある。

体格は良いが、太っているというよりむくんでいる感じだ。

専門家でない私には、それ以上のことは判らないが、何かが頭に引っかかる。

だるさとむくみ。

……まさか。

そんな馬鹿なことがあるのか。

いや、だが、符合する部分がある。

リシュアの街に入る直前、ティアマトは何と言っていた？

銀シャリのご飯が食べられる、と。

白米、だるさ、むくみ。

これは、あれなのではないか？

だとしたら、この世界に訪れた日本人は、とんでもないことをしでかしたということだ。

たしか、毎年一万人とか二万人とかが亡くなったんだぞ。

私は、自分の顔色が加速度的に悪くなっているのを自覚した。

「どうしたのじゃ？　エイジ」

心配したのか、ティアマトが訊ねる。

「……ガリシュさんは、病気かもしれない」

口にした私は、たぶんどちらが病人か判らないような顔をしていただろう。


案内されたのはギルド長の執務室のような場所だった。

ただ、応接室の役割も兼ねているらしく、執務机の他にソファセットが置かれている。

しかし私は内装や調度品などにまったく注目していなかった。

必死にあるものを探していたからである。

「いかがなさいました？　エイジさま」

「あの……ハンマーないですかね？　小さいのでかまわないんで」

「ハンマーですか？　なんでそんなものを？」

不思議そうな顔をする。

当然である。

いきなり金槌(カナヅチ)を要求するとか、正気の沙汰ではない。

しかし必要なのだ。

慣れればチョップとかでもできるというが、私にそんな技能はない。

「これでよろしいですかな？」

意味が判らないという表情のまま、棚の工具箱からハンマーを取り出すガリシュ氏。

「では、そこの机に腰掛けてください。膝から下をラクにして、ぷらぷら動くように」

「はあ……」

ガリシュ氏の顔には、何いってんだこいつ、と、大書きしてある。

私を神仙と思っていなかったら、間違いなく叩(たた)き出(だ)しているだろう。

どこからどう見ても、おかしな人としか思えない。

「こうですかな？」

執務机の書類をどかし、そこに座るギルド長。

私は腕を伸ばし、膝下がフリーになっていることを確認する。

「ガリシュさん。これからハンマーで膝の下あたりを軽く叩きます。力を抜いてラクにしていてください」

「はあ……？」

何をしようとしているか、たぶん彼には判らないだろう。

ティアマトも判らないのか、興味津々で覗き込んでいる。

私は小さく息を吐いた。

叩くのは膝の下。少しくぼんでいるあたり。

気持ち下から上に向けて。

ボールを弾ませるような感覚で。

ぽん、と。

「…………」

動かない。

私のやり方が悪かったのか。

もう一度叩く。

動かない。

もう一回だ。

動かない。

動いてくれない。

「く……」

「あの……何をしておいでなのですか？　エイジさま」

額に汗を浮かべ、必死の形相で男の足を軽く叩き続ける青年。

なんだこの絵図という場面である。

「……膝蓋腱反射といいます。この部分を叩いたとき、ぴくんと足があがるんです」

「いや、だから、それはいったい？」

まったく判らないという顔のガリシュ氏だ。

そりゃそうだろう。

知っているわけがない。

病名も、原因も、治療法も。

中世ファンタジー風の世界に、日本人が持ち込んでしまった悪魔。

江戸患いとも呼ばれ、明治初頭から大流行し、結核と並ぶ二大国民病と怖れられた病。

毎年、万単位で犠牲を出し、年間死亡者数が千人を下回ったのは昭和五十年代の後半である。

「ガリシュさん。あなたは病気にかかっています。このままでは死に至るような。怖ろしい病です」

つとめて冷静に、私は告げた。

医者でもないのに診断をくだすのは怖い。

しかし、これがきっと、私がしなくてはいけないことなのだろう。

同胞がしでかしてしまったことの尻ぬぐいである。

「なんですとっ!?　しかし医者は……」

「判らなくて当然です。たぶんどんな名医でも」

この時代には、否、この世界にはなかった病気なのだから。

「ガリシュさん。あなたがかかっている病気は、脚気（かっけ）といいます」

6

明治から大正期に大流行した奇病。

脚気。

長く原因不明だった。

まず、抵抗力が弱いはずの老人や子供が感染しづらい。むしろ若く屈強な兵士などがかかってしまう。

裕福で、良い食事を摂（と）っている者の方がかかりやすい。

ビタミンの存在が明らかになっていない時代である。

しかも日本の医療を急速に進歩させた西洋医学において、脚気という症例がほとんどなく、研究も進んでいなかった。

まさに奇病だ。

症状としては全身の倦怠（けんたい）感。手足のむくみ。感覚の鈍化などがあり、最終的にはウェルニッケ脳症や衝心（しょうしん）脚気などを併発して死に至る。

「どうです？　ガリシュさん。症状に心当たりはありませんか？」

私の質問に、一拍の沈黙を挿入してガリシュ氏が応える。

「……ございます」

困ったことになった。

現代において、脚気というのはべつに怖ろしい病気ではない。

と書くと語弊があるが、これはきちんと治療法が確立されている、という意味である。

ビタミンB1の欠乏によって引き起こされるのが脚気なので、それを補充すれば良い。

そう難しい話ではないのだ。

ただ問題は治療法の難易度にあるのではない。

市井の人々に、すでに脚気が蔓延しているというこの状況、それこそが問題なのである。

どうする。

どうすればいい？

「……エイジさま。私は死ぬのでしょうか……？」

蒼白な顔でガリシュ氏が訊ねてくる。

ずっと仕事に邁進し、若くしてギルド長の顕職についた。数年前に妻も娶り、まず順風満帆な人生だ。

それが、きいたこともないような病気にかかって死ぬ。

こんな理不尽があって良いのか。

口調に悔しさが滲み出ていた。

当然だろう。

病気というのは、たいてい理不尽なものなのである。

まったく同じ生活をしていても、糖尿病になる人とならない人がいる。

癌になる人もいれば、ならない人もいる。

そういうものだ。

しかし、脚気に関してのみいえば、治療もできるし予防もできる。

抗生物質などが必要な伝染病に挑むわけではない。

「大丈夫です。ガリシュさん。治せます」

安心させるように、私は微笑んだ。

「本当かや？　エイジや。中途半端な慰めは、ときとして事実を突きつけるより残酷じゃぞ？」

横からティアマトが口を挟む。

彼女は私が医者ではなく、ただの木っ端役人であることを知っているのだ。

「脚気なら、食生活で治せるんだよ」

「ほほう？」

「たとえばガリシュさん。あなたは白いご飯が大好きですよね？」

質問ではなく確認だ。

頷きが返ってくる。

どうして知っているのか、という顔で。

「あと、お酒も大好きですよね？」

「はい」

「ついでに、体を動かすのを億劫（おっくう）がる性質（たち）でもない」

「なぜ判るのですか？　エイジさま」

「そうですね。ここは神仙（ハミット）だから、としておきます。さしあたり食生活を見直してください。私が治療法を作るまで」

「はい……」

「お酒は禁止です。ご飯もなるべく控えて、安静にしていてください」

ビタミンＢ１が不足しているため脚気になった。

これ以上不足させるわけにはいかない。

となれば、糖質の分解に必要な栄養素がビタミンＢ１であるため、まずはその消耗を避ける。

激しい運動も今はやめておいた方が良い。

スポーツ選手や軍人に脚気が多かったのは、運動によってブドウ糖の代謝が高まり、ビタミンＢ１の必要量も増えてしまうからである。

これらを止めることで、症状はある程度改善に向かうだろう。

あとは補給するようにすれば良いだけだ。

具体的には、肉とか魚の動物性タンパク質をしっかりと摂る。大豆などの豆類にもけっこう含まれているし、それになにより、白米から玄米に変えるだけでかなり劇的な効果が期待できる。

まあ、そこまでしなくても、ビタミンＢ１のサプリメントでも飲んでおけば解決するって話だ。

現代社会ではア○ナミンとかそのへんだが、さすがにこの世界にそんなものはないし、簡単に薬やサプリメントに頼るような世界にするわけにもいかない。

それでは、これまでの転移者たちと同じ轍を踏むことになってしまう。

簡単に、便利に、都合良く世界を変えてしまった者たちと。

「……わかりました」

「すぐに朗報をお届けできると思います。ただ、材料を集めたりするのに自由に動き回れる身分があった方が良いかもしれません。私たちでも冒険者になれるのでしょうか？」

「なんじゃエイジ。汝は冒険者になるつもりなのかの？」

「ティアもだよ」

「我もかっ⁉」

「……神仙さまが冒険者に……？」

「ええ。いちいち神仙だと騒がれては、狩りにも買い物にもいけませんし」

私は肩をすくめてみせた。

ようするに、ガリシュ氏や奥方のような反応をされては面倒なので、市井のいち冒険者になってしまおうという算段である。

「そういうことでしたら」

苦笑したガリシュが一筆したためてくれる。

ギルド長のお墨付きというわけだ。

冒険者として登録するときに融通をきかせてもらえるのだろう。

「助かります。では、さっそく取りかかりましょう」

ぽんとティアマトの肩を叩き、私は部屋を出た。

やや遅れてどすどすという足音が続く。


ホールに戻った私たちは、受付カウンターにて冒険者として登録することとなった。

受付嬢たるガリシュ氏の細君から、こまごまとした説明を受ける。

どうやら冒険者にはランクというものが存在するらしい。

登録したての新人は最下級であるF級とやらからスタートし、実績を積むことで昇級してゆく。

一番上はS級だという。

まあ、世に溢れる異世界転移ファンタジーなどで、よく見かける設定だ。

ゲーム的だと言っても良いだろう。

「考えてみれば、フリーアルバイターをクラス分けするようなもんだね」

正社員として就職せず、またはできず、派遣やアルバイトなどで生活している人は数多い。

彼らにランクをつけて、従事できる仕事や受け取れる報酬を制限する。

これはそういうシステムだ。

「当社を希望されるなら、最低でもB級でないと」

「F級に任せられる仕事はないなぁ。他を当たってくれよ」

日本に置き換えて想像すると、こんな感じだろうか。

「グロテスクな話じゃの」

ティアマトが嫌な顔をする。

職業選択の自由が法によって保障された社会とは思えない。

「ま、ある意味でシステマチックだけどね。採用される見込みのない会社に面接に行くなんて無駄がなくなる」

「無駄はないが進歩の可能性もないの。人間の潜在能力(ポテンシャル)とは数値で計れる類のものなのかや？」

「君は本質を突いたね。ティア。このシステムは人間というものに対する冒瀆(ぼうとく)だよ」

我ながら苦い表情を浮かべ、渡されたばかりの冒険者カードとやらを眺める。

データ化された私の能力が記載されていた。

体力E。

魔力F。

知力C。

幸運D。

ありがたくて涙が出そうである。

ちなみに測定方法は、水晶球みたいなものに右手をかざしただけ。

たいしたものだ。

たったそれだけで、私は体力がなく魔力もなく幸運にも恵まれておらず、かろうじて知力が並みだと判るらしい。

ようするに、愚にもつかない人間だということである。

ふざけんなって気分だ。

「ゲームセンターなどにある占いの機械と同じじゃろ。何の根拠もないデータじゃ。気に病むようなものでもあるまいて」

「そっすねー……」

さすがすべての能力がSを示したドラゴンさまである。

とてもとても説得力のあるお言葉だ。

おざなりな同意をしておく。

私の能力など、どうでも良いのだ。

べつに冒険者とやらで身を立てようと思っていたわけではない。

まずは依頼掲示板で、ガリシュのような症状に絡んだ依頼が出ていないか確認してみよう。

部分的にだが、どの程度まで蔓延しているか知ることができるはずだ。

「あの。エイジさま……」

歩き出そうとした私を受付嬢が呼び止める。

「なんでしょうか？」

「登録料を……」

「おうふ」

お金を取るらしい。

なんと世知辛い世の中だ。

「ティア」

「なんで我が金を持っていると思ったのじゃ？　エイジ」

「……デスヨネー」

私は恋人と待ち合わせをしていたときの服装。

ティアマトにいたっては全裸である。ドラゴンだから。

当然のように、この世界のお金なんか持っていない。

7

「うう……もう帰りたい……」

「大の男がめそめそするでない。うっとうしい」

ティアマトが言う。

そりゃあアンタは痛(いた)くも痒(かゆ)くもないだろうよ。

まったくなんにも負担してないからねっ。

金銭を持っていなかった私たちは、身につけているものを売るしか方法がなかった。

これは仕方がない。

借金をするにしても、何の信用もない私たちに、誰が金を貸してくれるというのか。

救いの神となったのは、ホールに居合わせた商人である。

彼は私が左腕に巻いていた腕時計を買い取ろうと申し出てくれた。

ティアマトに確認したところ、この国の時刻概念も日本と同じ二十四時間らしい。新たな感覚を身につけるのは大変だから、いささか都合の良い話には目をつむるべきだろう。

どうせ日本人が持ち込んだ概念だろうし。

ともあれ、当座の生活費を得ないことには何もできない。冒険者としての登録料だって払えない。

背に腹は代(か)えられないというやつだ。

ただ、この腕時計は私にとって、非常に大切なものなのである。

非常に大切なものなのである。

二回言っちゃうぞ。

ＩＷＣのポルトギーゼ・クロノグラフ。

どうしても欲しくて三年間お金を貯めた。

この会社の製品の中ではけっして高価な方ではないが、私が購入したモデルは六十五万円ほどだった。

しかし、問題は値段ではない。

惚れちゃったのだ。

一目惚れだった。

ああ私は、君と出会うために生まれてきたのだな、と。

「金に換えられるようなものを持っていて良かったではないか」

「そうだけどっ。まったくもってその通りなんだけどっ」

スイスの職人さんが、海を渡るポルトガル商人のため作り上げたのがポルトギーゼだ。

ロマンが詰まっているのである。

「ロマンで腹はふくれぬからのぅ」

葛藤と問答の末、私は惚れ抜いた腕時計と別離することとなった。

生涯、君しか身につけないと決めていたのに。

ちなみに買い取り価格は金貨で百枚だった。

ものすごい大金らしい。

金貨一枚というのは、だいたい一万円くらいだと考えれば目安となるとティアマトが言っていたので、採算としては大きな黒字である。

しかし、値段の問題ではないのだ。

ただ、商人もそれほどの現金を持ち歩いているわけではない。

さしあたり一割にあたる十枚だけ手渡され、後ほど証文を持参して彼の店を訪れる運びとなった。

ギルドの受付嬢や他の客たちの立ち会いのもとに結ばれた約束なので、反故にされることはないだろう。

アデュー。私のクロノグラフ。


掲示板に張り出されていた依頼の中には、薬草採取のものがたしかに多かった。

依頼元は治療院や魔法医だ。

「想像以上に多いのぅ」

「もちろん、これが全部脚気に関係したものとは限らないけどね」

まったく無関係の病気や怪我の薬だってあるだろう。

「んむ。それで、どの仕事を受ければ良いのじゃ？」

「ざっと見た限りじゃ、どれもダメだね」

私はこの世界の薬学に詳しいわけではない。

が、草で脚気が治らないことは知っている。

もしこの中に大豆や芋を求める依頼があれば、あるいは、とも思ったのだが。

「つまり、この国の医者たちは、未だ脚気の治療法にたどり着いてはいないというわけじゃな」

「そうだね……これは江戸患いよりひどいことになりそうだ」

「どういうことじゃ？」

「歩きながら話そうか」

結局、依頼も受けないまま、私たちは冒険者ギルドを後にする。

何のために冒険者になったのか、という視線を背中に浴びながら。

向かう先は、腕時計を売った商家だ。

「まず江戸患いというものから説明してもらおうかの」

目抜き通りを並んで歩きながら、ティアマトが問う。

「うん」

江戸患いというのは、脚気の別名である。

どういうものか江戸でばかり発生し、田舎に行くと患者がいなかったり、症状が改善したりとかしたから、こんなふうに呼ばれたらしい。

「不思議な話じゃの」

「まあね。でも種を明かせば不思議でもなんでもないんだ。当時の江戸は豊かで、文化の中心でもあったんだよ」

そして贅沢の最たるものは、白いご飯だ。

田舎から出てきた下級武士すら、見栄（みえ）を張って白米を食べたらしい。

江戸を離れて田舎に行けば、食事は白米から雑穀を入れた玄米に変わるため、脚気は自然と快方へと向かった、という次第だ。

「つまり、銀シャリが悪いということかの？」

「まさか。だったら私たち現代人だって、みんな脚気に苦しむことになってしまうよ」

平成日本で玄米を主食としている人など、いったい何パーセントいることか。

ただ、現代人と江戸時代の人々の食事には、決定的な違いがある。

一人あたりの米の消費量と、副菜の種類と量だ。

「当時は一日に五合くらい食べたらしいよ。ひとりで」

「それは豪気じゃの」

ちょっとびっくりする数字である。

一合でだいたいご飯茶碗（ちゃわん）に大盛り二杯くらいだから、大盛り十杯という計算だ。

どんだけ炭水化物ダイスキなんだってレベルだが、おかずの少なさにも驚く。

むしろおかずというものがつくのは昼食くらいで、それもちっこい焼き魚が一切れ程度。朝晩は一、二切れほどの漬け物しかなかった。

あとはみそ汁くらいだが、これも朝しか飲まない感じである。

「栄養バランスって言葉がばかばかしくなるような内容だよね」

「しかし、それでよく体が保つのぅ。運動量など現代とは比較にならんじゃろうに」

「保つさ。炭水化物ってのはエネルギーだからね。燃料だけはばっかばっか補給されてるってこと」

「なるほどのぅ。それで汝はガリシュに体を動かしているか訊ねたのか」

ティアマトはおぼえていたようだ。

軽く頷いてみせる。

運動をしてブドウ糖の代謝が促進され、糖質を分解するためにどんどんビタミンB1が消費されてゆく。

「で、ビタミンB1は玄米というか胚芽(はいが)に多く含まれている。普通ならべつに問題なんて起きないんだけど」

「精米して必要な栄養を捨てていた、というわけじゃな」

「そういうこと」

「じゃが、エイジら現代人は白米を食しておるが、べつに脚気にかかっておらんのではないか?」

「ビタミンB1が含まれている食品は他にもあるんだよ。豚肉、ウナギ、たらこ、大豆。芋なんかにも含まれてるね」

「けっこうあるのぅ」

「うん。ちゃんとおかずを食べてれば、脚気になんかそうそうかからないさ。とくに豚肉はすごく優秀だね」

「なるほどのぅ。見えてきたようじゃの。エイジの書く処方箋が」

「そうだね。ただまあ、食文化的な部分もあるから」

たとえばイスラム教徒に健康のため豚肉を食えと言ったって、それは難しいだろう。

宗教的な理由で。

理由は違えど江戸時代の日本人だって同じだ。

『楊貴妃(ようきひ)は　きれいな顔で　豚を食い』

などという川柳があったほどである。

これは、中国人が豚肉を好んで食するのを忌み嫌って詠んだものらしい。

食文化の差違というものは、けっこう根強いのである。

たとえば私はジンギスカンが好物だが、内地の人々は羊肉をあんまり好まない。

美味しいのに。

「それで商家というわけかの」

「だねー。思いがけずコネクションができたから、アズールの食生活について色々教えてもらえればな、と」

「腕時計を渡すときに、妙に諦めが良いと思ったら、そういう算段があったのじゃな。策士なことよ」

それは言いがかりである。

すげーショックだったし、断腸(だんちょう)の思いだった。

金がないと何もできないというのは、日本だろうとアズールだろうと変わらない事実なので、仕方なく、本当に他に手段がなかったから渡しただけなのである。
ただ、渡してしまった以上は、最大限に活用しようと考えているだけだ。
それがクロノグラフへの、せめてもの餞だろう。

8

立派な店構えは、冒険者ギルドと比較してもそう遜色ない。
大店である。
「予想通りだね」
頷きながら呟く。
腕時計を買い取った商人の店だ。
金貨百枚の取引をぽんと決めちゃうのだから、そこから経済規模を逆算できる。
ぶっちゃけ私なら、十万円の買い物だってかなりためらうぞ。
ともあれ、豪商ならそれに超したことはない。
街における影響力も大きいだろうから。
来訪を告げる挨拶をしながら店内に入る。
すぐに丁稚だか手代だかが出迎えてくれた。
「いらっしゃいませ！　なにかお探しですか！」

元気な声だ。

女の子のものである。

茶色い髪と同色の瞳。小さな身体が詰め込んだ元気ではち切れそう。

年の頃なら十五、六か。

日本で考えれば高校生くらいという感じだが、なにしろこの世界の人々の年齢を外見から推理するのは難しい。

侮（あなど）れないのである。

「私はエイジと申します。先ほど店主さんと取引をした者なのですが、ご主人は戻っておいででしょうか」

「はい！　伺っております！　こちらへどうぞ！」

にこやかに案内してくれる。

ちゃんと話は通っていたようだ。

私とティアマトが後に続く。

店内は広く、幾人かの客もいて、展示している商品を眺めながら店員と商談を交わしたり説明を受けたりしている。

なかなかに繁盛しているようだ。

「おお。エイジさま。お待ちしておりました」

店主のミエロン氏が迎えてくれた。

冒険者ギルドのガリシュ氏のように恰幅の良い中年男性である。

商談用のテーブルセットへと誘(いざな)ってくれる。

「はやすぎませんでしたか？」

「とんでもない。お二人がくるのを今か今かと待っておりました、と、失礼」

談笑しながら歩いていると、ミエロン氏がつまずいた。

何もないところで。

とっさに手をテーブルに突いて身体を支える。

「…………」

爪先があがらなくなってきているのだ。

この人もか。

そりゃそうか。裕福で食べるに困っておらず、働き者でよく動く人っぽい。

かかる要素は充分だ。

「ミエロンさん。体の調子はどうですか？　だるさとかないですか？」

テーブルに着きながら質問する。

どうでも良いが、ティアマトも器用に椅子に座った。

尻尾が邪魔じゃないんだろうか？

むしろ彼女の重量を椅子は支えられるのだろうか？

「なんぞ？」

「いやべつに……」

「ああ。だるいですなぁ。店に籠もってばかりいないで運動しろと医者にも言われ、けっこう歩いているんですが。いっこうに良くなりません」

だが、街を歩いてるおかげで私たちに会え、良い商売ができたから怪我の功名だと締めくくる。

社交辞令はともかくとして、おい医者。

ビタミンＢ１は光合成じゃ増えないぞ。運動させてどうする。

「ふむ。これは深刻じゃの。悪い方を勧めておるのか」

ティアマトが首をかしげる。

ぎし、と、椅子が軋(きし)んだ。

頼むから壊さないでくれよ。

「知らないんだから仕方がないよ。たしかこういうケースも多かったはず」

「いかがなさいました？　エイジさま。ティアマトさま」

ぼそぼそと会話を交わす私たちを不審に思ったのか、ミエロン氏が訊ねてくる。

「じつは、ガリシュさんもだるさに悩まされておりました。私たちは、それをなんとかしようと動き始めたところだったのですよ」

「ほほう。それはありがたいですな。ぜひ私の気怠さも取ってもらいたいところです」

「ええ。それはもちろん」

微笑を返す。

ここが踏み込みどころだ。

「ちなみに、似たような症状が出ている方は、他にもいらっしゃいますか？」

「はい。かなりの数」

ミエロン氏が表情を改めた。

にこやかさが消え、うそ寒そうなものになっている。

「最後には歩けなくなり、亡くなってしまった方も少なくないとか」

心なしか声も潜めて続ける。

そこまで進んでいたか。

急がないといけない。

「リシュアを離れたら快方に向かった、という話はききませんか？」

「いえ？　そういう話は」

「そうですか」

ＯＫ。

江戸時代に流行した脚気ではないということだ。

明治から大正期にかけての、精米技術が進歩して庶民が普通に白米を食べるようになったことで大流行した、国民病としての脚気である。

結核と並んで、二大国民病として怖れられた方だ。

事態はより深刻さを増した。

江戸患いは、地方に行くことである程度まで解決した。

白米ばかりを食べなくなる、というのに加えて、ソバや豆、芋などが頻繁に口に入るようになるからだ。

経済格差というのも、もちろんあるのだろうが、経験則として脚気の予防法が判っていたのではないか。

俗にいうおばあちゃんの知恵袋である。

案外こういうのが侮れない。

科学技術の粋を集めて作り出されたスーパーコンピューターの弾き出した津波予測と、漁師たちに代々語り継がれてきた津波の前触れが奇妙な符合を示すというのも、そう珍しいことではないのだ。

この世界の文化を塗り替えた勇者様は、経験則による逃げ道までご丁寧に塞いでくれたらしい。

ありがたくて、拝むしかないほどだ。

どうかこれ以上祟らないでください、と。

「エイジさま？」

黙り込んだ私にミエロン氏が声をかける。

小さく息を吐いて陰性の思考を追いだした。

「ミエロンさん。そのだるさは病です。放置すれば死に至ります」

「なんと……」

「治療します。あなたやガリシュさんだけでなく、かかっている人をすべて」

「神仙さま……」

「ミエロンさんの協力が必要です」

「何なりと」

どんと胸を叩くミエロン氏。

豪商の彼は、その経済力を期待されていると思ったのだろうか。

もちろんそれはいずれ必要になるものだが、残念ながら事態はまだもっとずっと手前だ。

「まずは食生活を知らなくては何もできません。あなたたちはブタを食べますか？」

「※※でございますか？　それはどういうものなのでしょう？」

聞き取れない単語が返ってきた。

ちらりとティアマトを見れば、軽く頷いている。

「この世界にない単語だったので変換されなかったということじゃな。当然、ミエロンにも理解できておらぬ」

「なるほど」

豚というのは、地球でももともと自然界にいたわけではない。

原種はイノシシだ。

これを紀元前のメソポタミア文明の時代から、気の遠くなるような年月をかけて家畜化していったのである。

世界が違えば、築いてきた文明だって異なる。

当然のことだ。

「では、イノシシなら判りますか？」

「ギャグド（イノシシ）のことですかな？　魔獣の」

今度はちゃんと理解されたようである。単語が変わるのはやむを得ないだろう。

いることさえ判れば充分だ。

「食べることはないですか？」

「そもそも、食べられるのですか？　あるいは猟師（ハンター）ならば食べることもあるのでしょうが、街で売られているのは見たことがありません」

「ふむ」

口にしたことはなくても、肉食自体に忌避感はないようだ。

これは収穫である。

同じ要領で、私の知識にあるビタミンＢ１含有量の多い食品について質問してゆく。

結果、ウナギはダメだった。そもそもどういうイキモノかすら理解されなかった。

大豆や芋はあるが、あまり食べる習慣はないという。

おもに家畜のエサで、家畜というのは、ダチョウやエミューみたいなやつっぽい。

あれを食べるらしい。

美味しいんだろうか？

ただ、味はともかく、それらのビタミンＢ１含有量について私の知識にはないし、調べる方法もない。

除外して考えるべきだろう。

あとは玄米というか胚芽であるが、これは不可能だった。

というのも、この世界に稲作米食を広めた勇者様(くそやろう)が、最初から脱穀や精米の技術を伝えたからだ。

ゆえに、アズールの人々は、「ご飯というのは白いもの」と思っている。

いまさら、玄米でも食べられるし栄養満点だよーんといったところで、何十年にも亘って培われた固定観念をひっくり返すことはできないだろう。

いや、時間をかけて啓蒙(けいもう)活動をおこなえば不可能ではないかもしれないが、それまでにどれほどの人が死ぬことか。

流行の始まった明治初頭から、第二次大戦で食糧事情が悪化する昭和十年代までの約七十年間、だいたい年間一万から二万人くらいが死に続けた。

ざっとの計算で百万人以上である。

判ってるかい？　勇者様(くそやろう)。

あんた、魔王なんかより、ずっとたくさんの人を殺そうとしてるんだぞ？

9

方向性は定まった。

家畜のエサになっているという大豆や芋を、まずは人間の食べ物として普及させる。

大豆は枝豆に、芋はフライドポテトにでもすれば、さすがに家畜のエサには見えないだろう。

さしあたりはこれでしのぐ。

一方でギャグドを狩って、この肉を恒常的に食べさせるようにする。

幸い、肉食に忌避感がないようなので、美味ければ食うのではないかと推測している。

人間は、平和の使者(ハト)だろうと海のギャング(シャチ)だろうと、美味しかったら食べちゃうのである。

「まずは枝豆でも作ろうか。さすがにこれくらいなら私でも調理できる」

「私は大豆を用意すればよろしいですか?」

ミエロン氏が申し出てくれる。

市場にでも行って仕入れようと思っていたから、これはありがたい。

「お願いできますか? 成熟していない青いやつで、殻ごと。枝ごとでもかまいません。それから塩と水ですね。あ、もしかして塩は貴重ですか?」

「無料(ただ)みたいなもの、というわけにはいきませんね。大豆の方は安価です」

それなりの値段はする、ということだ。

まあ、現代日本の塩が安すぎるのである。

普通はもっと高いし、その権益を巡って戦争が起きたことだってあるのだ。

しかし、塩ゆでにするのに塩がなくては始まらない。

多少の出費はやむを得ないだろう。

「かまいません。ある程度の量を確保してください。具体的には、豆三百グラムに対して塩が四十グラム必要です」

この世界の度量衡はメートル法ではないため、実際に伝えた数字と単位は異なる。

「その程度の量であればまったく問題ありません。むしろウチの厨房から出せますよ」

笑いながら言ってくれた。

将来的な生産ベースを考えれば、きちんと仕入れをおこなった方が良いのだろうが、今回はあくまでも試作である。

好意に甘えることにする。

やがて、ミエロン氏の意を受けた店員が、枝ごと枝豆を持ってきてくれた。

来店時に対応してくれたあの女の子である。

「お父さん！　持ってきたよ！」

「お客様の前では商会長と呼びなさい。いつも言っているだろう。ミレア」

「ごめんなさーい！」

心温まる会話である。

つまり、彼女はミエロン氏のご息女らしい。

「やれやれ。粗忽者で手を焼いておりましてな。もうすぐ十六になるというのに、嫁の貰い手もない。困った娘ですよ」

恐縮したように苦笑するミエロン氏であったが、溺愛しているのは丸判りだ。

ミレア嬢が嫁ぐときには大泣きすること請け合いだろう。

「せっかくですから、娘さんもやってみませんか？　とても簡単な料理ですよ」

「料理なのですか？　薬では？」

「良薬口に苦しというのは、神仙流ではないのですよ」

ミエロン氏の質問に、私は適当なことを答えた。

さすがに枝豆を薬と称するのは無理があるだろう。


三人と一頭が厨房に移動する。

まあ見学と言っても、本当にたいした料理をするわけではない。

よほどのことがない限り一発で憶えられるだろう。

しかも私のやり方を忠実に再現する必要もないのだ。何年か前に公共放送の裏技紹介番組でやっていたのを私も憶えただけである。

こういう茹で方をしたらぷりっと美味しいというだけで、とくに何も考えずに茹でても、枝豆はけっこう美味しい。
枝から外した枝豆のさや、この両端を切り落として塩もみする。
鍋に入れた水を沸騰させて塩を入れ、三百グラムの枝豆を投入して三分から五分。
このときの水は一リットル。
塩もみするときに十グラムの塩。お湯に入れる塩は三十グラム。
茹であがったらざるにあげ、団扇（うちわ）とかであおいで冷ます。
これだけである。
「簡単じゃのう。これで料理だとエイジは主張するのかや？」
「まあぶっちゃけ、分量はもっと適当でも大丈夫さ」
呆れるティアマトに、より呆れるようなことを言ってあげる。
家畜のエサだったはずの大豆を、ミエロン父娘（おやこ）が不思議そうに見つめる。
まだ若いため、鮮やかなまでの緑色だ。
「さやは食べられないんで、こうやって指で豆を押し出して食べてみてください」
皿の上にいくつかの豆を出し、まずは私が食べてみせる。
うん。悪くない。
初夏という季節も良かった。
ちょうど枝豆の収穫時期だ。
もう少し季節が進めばシーズンオフである。

逆にいうと、最も脚気患者が増える夏に、ぎりぎり間に合ったということだ。

ティアマトが豪快に口に運ぶ。

さやごと。

「だから、さやは食べられないって」

「大丈夫じゃ。普通に食えるぞ」

「これだからドラゴンはっ」

「んむ。美味い。良い塩加減じゃ」

「さいですか……」

本当に味がわかっているのだろうか。

あやしいものである。

私たちの漫才を見ていたミエロン父娘が、おそるおそるといった感じで枝豆に手を伸ばす。

家畜だって食べているのだから、べつに人間が食べても毒ではない。

障害となるのは、家畜のエサなんか食えるか！　という思いこみだ。

案外、食べたら美味しいものはけっこうあるのだが。

「ほほう！　これはなかなか！」

「美味しい！」

父娘が目を丸くする。

味付けは塩だけなので、むしろ単純(シンプル)な味だ。

だからこそ受け入れやすい。

複雑玄妙（げんみょう）な美味というのは、舌が肥えてないと判らないものである。

フォアグラもトリュフもべつに美味しいと思わなかった、やっすい舌の私が言うのだから間違いない。

「本当は、枝豆で食べるための大豆というのもあるのですよ。そのための品種改良をして」

「そちらの方が美味しいということですかな？」

ひょいぱくひょいぱくと豆を口に放り込みながら、興味津々でミエロン氏が訊ねてくる。

まあ、マナーを必要とするメニューではないので、目くじらを立てるような話ではないだろう。

「たぶんそうなのでしょうね」

私は農学者でも食通（グルマン）でもないので、詳しくは判らない。

「売り物になりそうだね！　お父さん！」

にこにことミレア嬢が笑う。

うん。ちょっと落ち着こうか。

新商品の試食会ではない。

「さしあたり、この枝豆をたくさん食べて欲しいのですが、どうでしょう？」

こほんと咳払（せきばら）いをし、私は本題を切り出した。

「これがだるさの治療薬なのですか？」

「そういうことです。本当は一日に六百グラムくらい食べていただきたいのですが」

ビタミンB1の推奨摂取量は一・四ミリグラムくらいである。

枝豆百グラムには〇・二四ミリグラムくらい含まれてるはずだから、これだけでクリアしようとしたらけっこうな量になってしまうのだ。

ちなみに玄米の含有量は枝豆の半分くらいだが、ご飯というのは、とにかく毎日食べるものなので自然と摂取することができる。

枝豆六百グラムを毎日食べ続けるというのはわりと大変だろう。

「少しばかり多いですな。美味いので一回二回なら苦にもなりませんが」

「ですよね」

私のプランの弱点（ネック）は、まさにそこなのである。

豆でも芋でもいいが、そんなに毎日食べられるわけがない。

「そこは、調理法次第でどうとでもなるのではないかの？」

横から口を挟むのはティアマトだ。

もっしゃもっしゃと、さやごと咀嚼（そしゃく）している。

言っていることはもっともなのに、説得力が皆無である。

彼女なら、六百グラムでも一キロでも食べられるだろう。

「そうなんだけどさ。私はこれしか調理法を知らないんだよ」

実家住まいの独身男なのだ。

料理など数えるほどしかやったことがない。

女子力が低くて申し訳ありません。

「使えないやつじゃのう。今に始まったことではないが」

「悪うございましたねっ」

「料理法なら、これから考えれば良いんですよ！　柔らかいし、何とでもなります！」

どんとミレア嬢が胸を叩く。

女子力の高い人がいた。

「エイジさま！　これウチで売って良いんですよね！」

爛々と目を輝かせている。

高かったのは女子力ではなく、商魂だったらしい。

「あんまり阿漕な商売はしないでくださいよ。あくまで脚気に苦しむ人の治療のためなんですから」

「任せてください！　採算度外視でいきますよ！」

きっぱり言っちゃってるが、本当だろうか。

まあ、疑ったところで私に何かできるわけではないのだが。

販路も持っていないし宣伝方法もない。

このあたりは商家の力を借りるしかないのである。

「ほどほどにお願いしますよ」

苦笑する私だった。

10

奇妙な言い方になるが、私は大人である。

年齢的な意味においてとか、性的な意味でとか、そういう話ではなく、社会生活を営んでいるという意味合いにおいて。

働いて、給料をもらう身分だ。

多くの場合、社会に出たら言い訳ができなくなる。

高校生くらいまでは、理不尽な大人というのは親と教師くらいのものだったが、就職してしまえば周囲すべてが対象だ。

上司、同僚、後輩、たいていみんな理不尽である。

そして自分もまた理不尽な大人のひとりだと見なされるわけだ。

社会というのは、教科書なんかよりずっと複雑にできている。

「ということを皮膚感覚で理解できる程度には大人だよ。私は」

「んむ。何を言いたいのかさっぱりじゃな。エイジが大人なことと、我らがミエロン家の世話になることと、どう繋(つな)がるのじゃ？」

冒険者ギルドでのガリシュ氏との会談と、商家での調理実習でだいぶ時間を使ってしまった。

もうすぐ日暮れだ。

腕時計を売った金があるので懐は暖かいが、さすがにこれから宿を探すのは面倒くさい。

あと疲れた。

お風呂でも入ってもう寝たい。

だから、ミエロン氏が自宅に泊まるよう誘ってくれたのは、じつにありがたい申し出だった。

「厚意を受け入れるくらいには大人だってことさ」

「じゃが、特定の商家と仲良くしすぎるのは、かえって面倒なことになるのではないかの？　これは我より汝の方が詳しかろうが」

「まあね」

私は公務員（やくにん）である。

役所で使うちょっとした文房具を仕入れるときだって、ひとつの業者に偏らないよう気を配らなくてはいけないことも知っている。

公平性を欠く、というのが最も忌避される事態なのだ。

この場合だと私たち神仙がミエロン商会に肩入れしている、と思われるのが一番まずい。

「でも、どのみち繋がり（コネクション）は必要なんだよ。コネ元の固有名詞は、この際はなんでもいいさ」

ここでミエロン氏の厚意を謝絶したとして、遅かれ早かれどこかの商家とは繋がりを持たなくてはいけない。

私たちが枝豆を街頭販売したところで、誰も買ってくれはしないのだから。

いつか結びつくのであれば、協力関係となる商家を今吟味（ぎんみ）したところで意味がない。

せっかく知己となったのだから、この縁を大切にした方が良いだろう。

「なるほどの。それが大人の対応というやつかの」

「だろ？」

「てっきり我は、これ以上動くのが面倒だから受けたのかと思うたがの」

「そそそそんなことないよ？」

「なぜ目をそらしたのかは問わんでおくが、問題はこれからじゃ」

与えられたベッドに転がり、話題を変えてくれる。

うつ伏せっぽい姿勢で腕を前に出し、尻尾を丸め、なんかくつろぎモードの猫みたいなポーズだ。

「枝豆だけでは必要な量の栄養は摂れないのじゃろ？」

「そうだね。思案のしどころだよ」

私も横になった。

どうでも良いが同室である。

一応男女なのだが。

いまさら玄米食には戻れない以上、おかずから栄養を得るしかない。

枝豆では恒常的な副食（おかず）になりえない。安価で美味しいが、調理のレパートリーが少ないのだ。

「本当に少ないかは、調べてみねば判らぬじゃろうがの」

ティアマトが苦笑する。

「申し訳ない」

応用をきかせられないのは私のせいだ。だってしょうがないじゃない。料理人じゃないもん。公務員だもん。

「汝が他に言っていた食材はどうなのじゃ？　芋とかたらことか」

「じゃがいもは、いつ植えたかによって収穫時期が違うからね。一応一年中、たいていの季節で採れるけどさ」

食用として簡単に普及させるには、ちょっとした問題がある。

芽の部分に毒があるのだ。

軽い食中毒を起こす程度で、死に至るようなものではまったくないが、きちんと啓蒙活動をしないで普及させるのは少しばかり危ない。

たらこの方は、もうちょっと難しい。

時期的な意味で。

スケソウダラの季節は真冬。初夏のこの時期に手に入れるのは無理だし、加工方法が判らない。

「北海道民のくせにのう」

「今日び、北海道人だって魚を捌けない人は多いと思うよ」

「嘆かわしいことじゃな」

「仮に捌けたとしても、この国でサシアミ漁とかやってるのか、かなり微妙だけどね」

「海産物に関しては、きちんと調査する必要があるじゃろうな」

「そうだね」

枝豆で急場をしのぎつつ、他の食材を探さなくてはいけない。

現実的なラインでギャグドだろう。

「明日、またギルドに行ってみよう。生息地とか狩りの仕方とか、情報を集めないと」

「汝が狩るのかの？」

「無茶いわないでよ。猟師（ハンター）を雇うか、ティアにやってもらうさ」

「見事なまでの他力本願じゃのう」

呆れたように言ったティアマトが、大きなあくびをした。


翌朝のことである。

内院（なかにわ）の井戸で顔を洗っていると、ミエロン氏が現れた。

昨日と比較すると、いくぶん体調が良さそうだ。

「おはようございます。お加減はいかがですか？」

「気怠さを感じずに起きられたのは、ずいぶんと久方（ひさかた）ぶりの気がしますよ」

笑顔が返ってきた。

たった一晩で何が変わるのか、と、言いたいところだが、脚気というのは栄養素の不足で起きている病気である。

必要な栄養が体内に入れば驚くようなスピードで回復してゆく。

充分なビタミンＢ１を摂り、一週間ほども安静にしていれば、症状はすっかり出なくなるだろう。

ただ、アズール王国の人々は慢性的なビタミンＢ１不足なので、抜本的（ドラスティック）な食事改革をしなくては、またすぐにぶり返す可能性が高い。

「それは良かった。継続して枝豆を食べ続けてください」

「じつは今朝もいただきましたよ。あっさりしているので、朝食にもいいですな。ただ問題は」

「問題？」

「エールが飲みたくなる、という点でしょうか」

「なるほど。それは同意します」

商人の諧謔（かいぎゃく）に、私も相好（そうごう）を崩した。

エールというのはビールの一種で、わりとファンタジー作品には定番ものの酒として登場する。

日本で多く飲まれているラガービールとは風味がだいぶ違うが、ビールであることには違いない。

枝豆に合わないはずがあろうか。

「ですが、飲酒はしばらく控えてください」

「せつないですなぁ」

「そう長いことではありませんよ」

「期待しておりますよ。エイジさま」

私たちがギャグドを手に入れようとしていることは、すでにミエロン氏には話してある。

豚肉には遠く及ばないものの、イノシシ肉にはビタミンＢ１が含まれている。含有量的には、たしか枝豆とそう変わらないはずだ。

しかし、肉というのはおかずになる。

それが大きい。

毎日でも食べることが可能だ。

さらに、他の栄養素だってイノシシ肉は豊富である。高タンパク低カロリーでミネラル分も豊富、だったはず。

きちんと数値を憶えているわけではないので、確たることはいえないが。

「これからギルドですか？」

「ですね。ティアはともかく、私には狩りなどできませんし。依頼を出すか、狩人を雇うかしないと」

私の言葉にミエロン氏が頷く。

「資金的な部分はご心配なく。私どもがバックアップいたします」

スポンサー宣言とともに。

さすがは大商人である。

機を見るに敏だ。

自ら身体の変化を実感し、枝豆は売れると読んだのだろう。

もちろんイノシシ肉も。

「私たちに知識はあっても広める方法がありません。ミエロンさんにご協力いただければ百人力ですよ」

「神仙さまにお力添えできるのは、むしろ名誉なことでございますよ」

右手を握り合う。

社交辞令まみれの言葉だが、目的に対して真摯であることを私は疑わなかった。

人々が元気であってくれた方が、商売は上手く（儲かる）ゆくのだから。

問題しかない！

1

「……もう帰りたい……」

「何を言っておるのじゃ。汝は」

「疲れたよ……足痛いよ……」

「しょうもない泣き言を」

ティアマトが呆れるが、疲れたものは疲れたのである。

初夏の街道。

行けども行けども変わらない景色。

私でなくとも心が折れちゃうだろう。

「まだ三時間も歩いておらぬ。しゃんとせぬか」

「うう……」

そのへんで拾った棒きれを杖がわりにとぼとぼ歩く。

だいたい、おしゃれな革靴というのは長距離歩行に向いていないのだ。

「営業マンは足で稼ぐものじゃぞ」

「私は事務職だよ」

一介の区役所職員だ。

肉体労働など、庁舎前の花壇に花を植えるくらいしかやっていない。

学生時代だって運動部に所属した経験もない。

「軟弱すぎるの」

かか、と、ドラゴンの牙が打ち鳴らされる。

笑っているらしい。

竜と人間の体力差というよりも、文字通りに私が貧弱すぎるのだろう。

どうして異世界に転移した主人公たちは、あんなに元気があるのか。

何年も引きこもっていた人間など、私より体力がなくても不思議ではなかろうに。

「くそ。チート能力の差か」

「いやあ。若さの差ではないかの。たいていは高校生くらいじゃろ？　三十代のおっさんとは比較にならぬじゃろうて」

ひどいことを言う。

私だって好きで三十路に入ったわけではないんだぞ。

「ティアの背中に乗せてくれるとか、そういうサービスはないのかい？」

「べつにかまわぬが、どうやって乗るつもりじゃ？」

呆れたようにドラゴンが首を振る。

彼女は二足歩行している。体高は私の身長と同じくらいで、百七十五センチほどだろうか。

太く頑丈そうな尻尾があるので、それを入れると二メートルを軽く超えるだろう。

「おんぶ？」

「阿呆(あほう)か」

まったくである。

そもそも摑(つか)まるところがない。両腕で首にぶら下がるのは、きっと歩くより疲れるだろう。

「四足歩行もできなくはないがの。あまり乗るには適していないと思うぞ？」

そう言って両腕を地面につく。

足に比して腕が短いため、かなり前方が低い。

背中に乗ったら相当怖いのではないだろうか。

「ほれ。乗ってみよ」

乗った。

私の両足は地面についたままだ。

「デスヨネー……」

身長差がほとんどないのである。

同じくらいの身長の人が四(よ)つん這(ば)いになったとして、その背中にまたがった場合、自分の足をどうすれば良いのか、という話だ。

「足を曲げよ。動いてみるぞ」

「お、おう」

なんとか足を折りたたむと同時に、ティアマトが走り出した。

どすどすと。

「いぎゃあっ!? 痛い痛いっ、尻が割れるっ」

鞍(くら)も何もないため、振動が百パーセント私の臀部(でんぶ)に伝わってきた。

あと、掴まるところがないという事実もまったく変わっていない。

手綱(たづな)だってないのである。

揺れるわ、痛いわ、すごい前傾だから怖いわ。

最悪だ。


結局、自分の足で歩くことにした。

「どうして人間が馬以外の動物にほとんど乗らないのか、判った気がするよ」

尻をさすりながらの感想である。

「馬より速い動物は多いし、従順な動物も少なくはない。それでもどうして馬なのかといえば、走る姿勢が安定しているというのが最大の理由じゃろうな」

親切にティアマトが解説してくれた。

ダチョウみたいな鳥に乗るゲームもあったが、やはりあれはフィクションだからということなのだろう。

人類が騎乗するのに適しているのは、やはり文字通り馬のようだ。

「それにしても、私には移動手段すら与えられないというのか。なんと理不尽な世界だ」

「芝居がかって嘆いてみせたところで観客もおらぬぞ。親からもらった二本の足があろう。健康に産んでもらえたことに感謝せぬか」

「チートももらえない。移動手段とかアイテムももらえない。もらったのは口うるさい相棒だけ。ひどい人生だよ」

「なるほど。我もいらぬと。なれば汝との付き合いもこれまでじゃの」

突き放したような口調でティアマトが言い放つ。

なんてことだ。

コンビ解消の危機である。

ともあれ、これは私の失言だろう。

「申し訳ない。口が過ぎた」

頭を下げる。

「わきまえよ。エイジ。我らは相棒であって主従ではない」

「悪かったよ。ティア」

「んむ」

軽く頷いて、相棒が謝罪を受け入れてくれた。

日本人というのは、とかく舌禍(ぜっか)事件を起こしやすい。政治家が失言によって地位を失うなど、ほとんど日常茶飯事(にちじょうさはんじ)だ。

謙虚な国民性と言われているが、つい調子に乗ってぺらぺらと余計なことまで喋(しゃべ)ってしまうのである。

どうやら私もご多分に漏れなかったらしい。

「日本人の種族特性というより、エイジの場合は異世界ファンタジーの読みすぎじゃろう」

「一言もないよ」

多くの異世界転移系ファンタジー作品において、主人公は何の脈絡もなく肯定される。

共感され、尊敬され、愛され、崇(あが)められる。

私自身、それを標準設定(デフォルト)としてしまっていたのだろう。

だからティアマトにどんな失礼なことを言っても許される、と勘違いした。

そんなわけはない。

固い絆(きずな)で結ばれるには、ともに過ごした時間は短すぎる。

普通の人間関係であるならば、まだまだ手探りの状態だろう。

補佐という役割を与えられて登場したから、なんでも受け入れてくれると思いこんでしまった。

最大限に好意的に解釈しても、彼女は職制上、私とともにあるにすぎないのである。

「慢心だね。我ながら」

三十一年もの人生から何を学んできたんだって話だ。

「汝はそれに気づき、改めようとした。それで良い。反省をするのは大切じゃが、引きずるのはやめた方が良かろうよ」

「心に留め置くよ」

ティアマトの言葉に苦笑を浮かべる。

ざわざわと、初夏の風が草原を凪(な)いでゆく。

愛(いとお)しみあって夫婦となった男女ですら、ささいなすれ違いから離婚に至るケースは珍しくない。

まして出会ったばかりの私とティアマトである。

連携の齟齬(そご)など、これからいくらでもあるだろう。

だからいちいち引っ張るな。

失敗したなら反省してやり直せば良い、と、ティアマトは言っているのだ。

まったく、過ぎた相棒である。

「感謝するよ。相棒(バディ)どの」

「ところでエイジよ。知っておるか？」

「なにを？」

「本来、バディというのは男性同士の相棒に使う言葉じゃ。我はメスであったと思うがの」

「ぐっは……」

ツッコミも忘れない。

本当に、私には過ぎた相棒である。

私たちはギャグドを狩るためにリシュアの街を出た。

なんでも、生息地というのはそう離れてもおらず、充分に徒歩で行ける場所らしい。

草原を越えれば森があり、そこから先が魔獣の縄張り(テリトリー)だという。

ギャグドというのは魔獣のなかでも、危険度においてそう上位にあるわけではない。

性格もどちらかといえば臆病で、人間を見たらとりあえず襲いかかってくる、というほど攻撃的ではないらしい。

私はともかく、能力評価オールSのティアマトにとっては苦戦するような相手でもないとのことだったため、まずは二人で様子を見に出掛けることにした。

というのが、ここまでの状況である。

「ガリシュ氏に陥れ(おとしい)られたよ」

とぼとぼと歩きながら私は呟いた。

丸一日も歩くような場所を、徒歩圏内とはいわない。

日本広告審査機構(JARO)から注意とかあってもおかしくないレベルだ。

「エイジの足では二日じゃな。先ほどから何度休憩しているのじゃ」

「私が悪いの？　そんなに私が悪いのか？」

「べつに判ってやるつもりもないがの。休めば休むほどきつくなってゆく、というのを知っておるか？」

「え……？」

「じゃから登山家などは座って休憩することはないのじゃ。荷物だけを岩などに預けて立ったまま小休止するのう」

座ってしまうと、なかなか立ちあがれなくなる。

立ちあがるエネルギーというのは、けっこうバカにならないのだ。

肉体的にも精神的にも。

ティアマトが説明してくれた。

「先に教えて欲しかったよ……」

「教えたところで汝は座ったじゃろうよ。自ら経験せねば体得などできんものじゃて」

呵々大笑する。

2

森林地帯が見えてきた。

徐々に木が増えてくるという感じではなく、唐突に草原がおわって森林が始まるという雰囲気だ。

「普通に考えれば、このような地形になるはずがないのじゃがの」

「……そうだね」

我ながら元気のない声で応える。

ティアマトの予測通り、森林に到着したのは翌朝のことである。

つまり昨夜は野宿だった。

地べたで寝た。

体中が痛い。

疲れなんてまったく抜けていない。

眠れたかどうかすらも判らない。

月明かりと星明かりしかない闇の中に、どこからか聞こえる獣の声。

布団も寝袋もなく、そんな環境で安眠できる人間など、いるのかもしれないが、その人はきっと風間エイジという固有名詞を持っていないだろう。

なにしろそんな名前のボンクラは、びびって一晩中ティアマトにしがみついていたのだから。

「べつに恥ずべきことでもあるまいよ。汝は自分自身が戦えないことを知っており、戦える我を頼った。それだけのことじゃろう」

こともなげに言ったドラゴンさまが笑う。

それは正鵠を射ているが、一応は私にだってプライドとかあるのだ。

男の子にも譲れぬ矜持があるんだよ？

「べつに運命を投げているわけでもなかろ。戦えもしないのに虚勢を張られても迷惑なだけじゃて」

「そうなんだけどね……」

「むしろ汝が恥ずべきは、この世界の人々と同様の体力が自分にあると思い上がったことじゃろうな。違いを認識するだけの時間的な猶予は、充分にあったはずじゃぞ」

「……一言もない」

私は便利な生活に慣れた軟弱な現代人だ。

ガリシュ氏が考える歩行速度など出せるはずもないし、持久力だってずっと劣る。

リシュアの街に一泊したのだから、その程度のことは気づいていなくてはいけなかったのだ。

この件についてティアマトが事前にアドバイスをくれなかったのは、おそらくわざとである。

体感しなくては判らない、と、考えたのだろう。

彼女はツアーコンダクターでもガイドでもない。

上げ膳据え膳のサービスを要求するのは筋が違う。私が考えた上でアドバイスを求めた場合には、相談に乗ってくれるだろうが。

今回のケースであれば、ガリシュ氏の示した時間について、私で踏破可能なのかと問いかければ不可能だと答えてくれただろう。

たったそれだけの手間を惜しんだがゆえに、私は事前の準備を怠ることになり、野宿という憂き目にあった。

一日二日程度の行程だったから良かったものの、もっと過酷な旅であったら命を落としていた可能性もある。

「次からは、何かにつけて君に助言を求めるよ」

「んむ」

ティアマトが軽く頷く。

心なしか笑っているように見えた。


森の中、ちらちらと何かの影が見える。

かなり大きい。

おそらくはあれが魔獣なのだろう。

野良猫でもあるまいし、野生動物というのはそうそう簡単に姿を見せないものだが。

「地球でも、たとえば生態系の頂点近くに君臨するものはこそこそ隠れぬじゃろ？　それと同じじゃよ」

「なるほどね」

そういうものかもしれない。

人間の場合は、ただ単に擬態や隠形(おんぎょう)ができなかったから集団を形成した。

個の力で勝てないから数の暴力を使うようになった。

そうやって地球世界という生態系ピラミッドの頂点に立っていったわけだ。

しかし、やはり野生では個体能力がものをいう。

強いイキモノになればなるほど、簡単に姿を見せるということになるだろう。

「ギャグドってのはどのへんの位置づけなんだろう。あんまり強いと狩るのは難しいよね」

「我ならば簡単じゃろうが、人間基準となれば評価が難しいの」

ティアマトが首をかしげる。

小なりといえども彼女はドラゴンである。

それこそヒエラルキーのトップだ。

脆弱で卑小な人間どもとは別次元の存在なのだ。

大空を舞う鷹と地べたを這いずるミミズでは、当然のように視点が異なる。

持っている者に持たざる者の気持ちなど判らない。

「いや、なんでそこで卑屈になるんじゃ？」

ぐちぐちと並べる私を、ティアマトが半眼で睨む。

「お約束として」

「阿呆が。我が言っているのは狩りの難易度の話ではないわ。汝ら人間は獲物を頭から丸かじりなどできぬじゃろう」

「オレサマ　オマエ　マルカジリ」

「コンゴトモ　ヨロシク」

「つまり、どういうことなんだい?」

「んむ。何事もなかったかのように戻したの。ようするに我らは生でぼりぼりと食えるが、汝らは捕らえて皮を剝いで可食部分を取り出して、など、様々な手順が必要じゃろうということじゃ」

たしかに、言われてみればその通りである。

魔獣を生きたまま食べちゃうようなワイルドな人間は、きっと少数派だろう。

狩りの仕方がそもそも違うという話だ。

「でも、殺すところまではイコールでもいけるんじゃないかな」

「そうじゃの。狩れるか狩れないかを今論じても仕方あるまい。まずは一頭狩ってみるとするかの」

すいとティアマトが目を細める。

視線の先に巨大な影が見える。

「いたようじゃの。ギャグドじゃ」

「イノシシって大きさじゃないけどね」

体長はゆうに四メートルはあるだろう。体高は二メートルちょっとといったところか。

とにかくでかい。

しかもなんか凶悪そうな牙まで生えてるし。

アニメ作品にでもでてきそうな造型だ。

さすがはファンタジー世界である。

私の常識など軽々と飛び越えてくれる。

アレを狩るとか無理ゲーすぎます。

「もう帰りたいよ……」

「無理じゃな。向こうもこちらに気づいた。敵として認識されたようじゃぞ」

ゆっくりとギャグドが身体をこちらに向ける。

やや頭を下げ、ぶっとい前脚で何度か地面を蹴った。

野生動物の知識などない私でもなんとなく判る。突撃体勢だ。

次の瞬間、地軸を揺るがすような音を立て、ギャグドが突進を始めた。

細い木々などをなぎ倒し、赤い瞳を攻撃衝動に爛々と輝かせて。

相対距離は三百メートルほどだろうか。

あの速度なら、たぶんあっという間だ。

「どどどどどうすんのっ⁉」

すげー怖いんですけどっ！

「どの程度の攻撃で殺せるのか判らぬ。近接格闘で首をもげば、さすがに死ぬじゃろうが」

私とは正反対に落ち着いてティアマトが観察している。

分析とか良いんで、なんとかしてください。

ほんとお願いします。

魔獣の息づかいまで聞こえてきそうなんですけど。

一瞬ごとにギャグドの身体が大きくなってゆく。
接近しつつあるのと、恐怖による錯覚だ。
私の目には、もうダンプカー並みの大きさに映っている。
やばいから。
これまじで。
たぶんはねられたら即死するレベルだって。
「あまり大暴れさせてエイジを踏み潰してしまうのもまずいかの」
あ、はい。
非常にまずいですけど、このままでも遠からずそうなりそうですよ？
判ってますか？
ティアマトさん？
「となればブレスかの。よく判らぬから最大出力で撃ってみるか」
すっとリトルドラゴンが息を吸い込む。
青とも緑ともつかない竜鱗（ドラゴンスケイル）が輝き出す。
蒼銀（ミスリルブルー）に。
大きく口を開く。
轟（ごう）!!　という音は遅れて聞こえた。
私が認識したのは眩（まばゆ）い光である。

閃光の吐息。

あまりのまぶしさに瞳を閉じた私の脳裏に、そんな言葉が浮かんだ。

ていうか、すごくオーバーキルっぽくないか？　これ。

おそるおそる目を開いた。

「ちとやりすぎた」

短い前脚で、ぽりぽりと顎を掻くティアマトがいた。

器用なものである。

それはいい。

いや、あんまり良くはないけど、目前に広がる光景に比較すれば、ぜんぜんどうでもいい話だ。

たぶん一キロくらい先まですっかりなんにもなくなった森。

一直線に。

なんというか、あれだ。巨○兵に薙ぎ払われちゃったような状態である。

当然、あたりまえのようにギャグドもいなくなっている。

逃げたのではなく、蒸発したのだろう。

文字通り骨も遺さず。

狩猟という概念からは、とってもとってもかけ離れた結果である。

どちらかというと殲滅とか、炎の何日間とかそういうやつだ。

「どうすんの……？　これ……」

「そうじゃのう。知らばっくれるか、いっそ逃げるというのもありかの」

あさっての方向を見ながらティアマトが言った。

気持ちは判るけど、逃げてどうするよ。

3

見なかったことにした。

この森は、私たちが到着したときには、すでにこういう状態だったのである。

きっと巨大な魔獣が暴れたのだ。

大怪獣大激突とか、そういう感じのヤツだ。

「仕方がないの。まさか我が力加減を間違えたと本当のことを言うのも、いささか恥ずかしいしの」

「うん。私が心配したのはティアの恥じらいじゃないよ」

まったく、これっぽっちも、そんなことは気にしていない。

問題はそこではなく、戦略兵器みたいな威力の方である。

ティアマトがやったのだとばれたら、間違いなく大騒ぎになる。

過ぎた力というのは禍根(かこん)を生む。

怖れられ排除されるか、あるいは抱き込まれて利用されるか。

どっちにしても幸福な未来とは直結しない。

多くの俺つぇー系ファンタジー作品で主人公が隠しもせずに力をばかばか使っているのは、まさにフィクションだからだ。

あるいは、主人公も周囲の人間も、思考レベルが中高生の域を出ていないか。

出る杭は打たれるの言葉通り、優れた能力を示せば示すほど生きづらくなってゆくものなのだ。

社会に出れば否応なく実感できる。

だからこそ、物語の中では主人公が無敵の力を誇り、ともすれば傍若無人な振る舞いをするのである。

できないことをするから爽快感がある、というわけだ。

現実にそんなことをすれば、怖れられ、利用され、恨まれ、孤立し、待っているのは孤独死エンドくらいだろう。

哀しいかな、それが人間というものである。

学校でも会社でも良いが、いつもちやほやされている性格の悪い実力者がいたとして、そいつと心の底から仲良くできるか、という話だ。

私だったら無理である。

社会人なので表面上は無難に付き合うだろうが、内心ではその人の破滅を願うだろう。

「ようするに我の力は隠した方が良いということじゃな」

「そうだね。私はティアがその力を悪用するとは思わないけど、他人はそうとは限らない」

「んむ」

「それに、ティアばかりがすごいと言われ続けたら、たぶん私は嫉妬するだろうしね。我ながら徳の薄いことだけど」

冗談めかしておくが本音だ。

ティアマトは良い奴だし良き相棒。

それは動かしがたい事実だが、横に非凡な者がいるというのは、けっこう凡人にとってはつらいものがある。

ホームズにあれだけ才能の差を見せつけられながら、それでも変わらぬ友情を持ち続けたワトソン医師は、たぶん称賛に値する人格の保有者だろう。

「エイジは正直じゃな。それは美徳だと思うが、味方に嫉妬するというのも難儀な話じゃのう」

「きっと味方だからこそだよ。敵なら憎むだけで済むじゃないか。それに」

「それに？」

「誇りたい部分もあったりするんだ。私の相棒はこんなにすごいんだぞってね」

難儀というか複雑なことである。

入り組んでるといっても良い。

三十一年という人生では、心の迷路をクリアする解法は、まだまだ見つからないらしい。

「めんどくさい男だよね」

肩をすくめてみせる。

「にんげんじゃものな。てぃあを」

ティアマトが笑った。

わだかまりを解くような笑顔だった。

まったく、私の相棒は度量が大きい。

見習いたいものである。


実りがあるんだかないんだか判らない話を続けていると、森の方で動きがあった。

ティアマトのブレスによって抉り取られた地面を踏みしめ、のそりと巨大な狼が姿を現したのである。

でかい。

ていうか、でかいなんてレベルじゃない。

先ほどのギャグドと比べても、二まわりは大きいだろう。

白銀の毛に覆われた精悍な顔立ちだ。

なんというか、王者の風格をたたえている。

「魔狼じゃな。かなり上位の魔獣、という位置づけじゃ」

私に向かってドラゴンが解説してくれる。

のんきなことではあるが、魔狼に攻撃の意志がないことは私にも判った。

むしろ話し合いにきた、という雰囲気である。

二十メートルくらいの距離にまで接近したところで、狼が足を止めた。

「気高き竜神の姫よ」

朗々と話しかけてくる。

なんというか、狼が喋るのはとてもおかしいのだが私は驚かなかった。

ドラゴンだって喋るから！

内容の方に驚いたくらいである。

「ティアが女性だってわかったぞ。あいつ」

「そりゃ判るじゃろう。こんなオスがいたらびっくりじゃ」

すみません。

私にはドラゴンの性別が判らないんです。

こんなとか言われても、それがどのような特徴を指しているのかさっぱりです。

「何の故あって、我が領域に攻撃をお加えあそばしたのか伺いたい」

返答次第では一戦も辞さず。

という覚悟が滲む。

瞳のあたりに漂う悲壮感は、命を捨てた者のそれだ。

竜と狼。

たぶん戦えば、勝敗の帰趨など論ずるに値しないのではないだろうか。

つい先ほどティアマトのブレスを見たばかりだから、よくわかる。

なんというか、あれは生物としておかしい。

「すまんのう。不幸な事故じゃ」

顎のあたりをぽりぽり掻きながらティアマトが応える。

事故じゃねえ。

百パーセント、まぎれもなく人災だ。

「事故……ですと？」

「んむ。ギャグドを狩ろうと思うての。どの程度の力で倒せるのか判らぬから、とりあえず最大出力で撃ってみたのじゃよ。したら、このありさまじゃ」

びっくりじゃよと笑う。

私の方がびっくりである。

秘密にしようねーって約束をした舌の根も乾かないうちに、ぺらっぺら喋ってるし。

まあ相手は人間じゃないし、私たちがやったことなのは最初からバレているので隠しても意味はないのだが。

「貴女(あなた)は！　ギャグドごときを仕留めるのに閃光の吐息を放ったのか⁉」

良かった。

魔狼氏もびっくりしてくれたらしい。

妙な親近感を覚えちゃうぞ。

勝手に。

「んむ。だって仕方ないじゃろ？　突っ込んでくるし、格闘戦とかしたらエイジまで巻き込むやもしれぬし」

ちらりと私を見る。

うん。

それは事実だ。

たとえばギャグドがティアマトにジャーマン・スープレックスとかで投げ飛ばされて、私の方に落ちてきたら死ぬ。

主に私が。

「ニンゲン……？」

魔狼が私に視線を投げた。

まるで今まで存在に気づいていなかったように。

いや、たぶん気づいてなかったんだろうな。

どう考えても、ティアマトしか目に入ってなかっただろうから。

「んむ。一応は我の名付け親じゃ」

「竜神の名付け親（ゴッドファーザー）ですと……」

私に注ぐ視線に恐怖が含まれた。

え？

ちょっと待ってください。

たしかに私がティアマトって名前をつけました。つけましたけど、何でしょうかこの雰囲気は。

なんか私すげーやばいこととかしちゃいましたかね？

「気にするでないエイジ。古い習慣じゃよ。竜は自らが認めた相手に名を付ける栄誉を与える。そして名を付けた者を親のように愛し、慈しみ、大切にする。その者の血筋が絶えるまで」

歌うように教えてくれる。

すげー大事（おおごと）っすね。

さらっと言って良い話じゃないと思うんすけどね。

どうなんすかね。

「……そういうのは最初に説明するべきじゃないかい？　ティアさんや。私なんにも知らないで君の名前を付けたんだけど」

「古い習慣だと言うたじゃろ。我はナウでヤングなドラゴンじゃからな。とくに気にする必要はないぞ」

「そのモダン古語（死語）が非常に気になるよ……」

なんだろう。

すごい疲れてきた。

「ニンゲンよ……」

視線に含まれたのは、次は同情だった。

無視から恐怖、そして同情へ。

私に向けられる感情は、とてもバラエティ豊かだ。

誰か代わってくれないかな。

「それでじゃ。魔狼どの。先ほどのギャグドは消えてしまったのじゃ」

何ともいえない視線を交わし合う私と魔狼にかまうことなく、ティアマトが話を続ける。

フリーダムな女性(ひと)である。

「これから森に入ってギャグドを狩るゆえ許可が欲しいのじゃ。汝が森の主なのじゃろう」

要請だ。

想像しちゃった。

実験と称してのべつ幕なしにレーザーブレスを撃ちまくるティアマトを。

私だけでなく、たぶん魔狼も。

「ギャグドが欲しいならば、我が眷属(けんぞく)に持ってこさせます。貴女はここから動かないでいただきたい」

「んむ？　それはラクでよいが、迷惑ではなかろうかの」

「容易(たやす)きことなれば。動かないでいただきたい」

だよね。

あんたが動く方が迷惑だから、とは言えないよね。

判るよ魔狼氏。

ティアマト（こいつ）はけっこう考えなしだね。すげー頭も良いし性格も良いけど、基本的に思いつきで勢い（ノリ）と行動するよね。

私も今気づいたよ。

「そういうことならば頼もうかの。手数をかけるの」

「安んじてお任せありたし」

朗々と請け負った魔狼氏がちらりと私を見た。

お前も大変だな、と、その瞳が語っていた。

4

とりあえず地面に腰をおろし、待つことにした。

ティアマトの力ならば強引に押し通ることも可能だが、そんなことをしても意味がない。

「どうにも気を遣わせてしまったようで、居心地が悪いのぅ」

そんなことを言いながら、ティアマトも座り込んだ。

「まあ彼らも自分の寝床が壊されるのは困るだろうしね」

「失礼な。次は半分くらいの威力で撃つつもりじゃったぞ」

一キロ彼方（かなた）まで貫く破壊光線と五百メートル先まで貫く破壊光線。

どれほどの違いがあるというのか。

故事成語では五十歩百歩という。

原典はたしか孟子の言葉だ。

「やってくれるというなら任せた方がいいさ。いくらティアだって、一回二回で勘が摑めるわけでもないし。失敗から学ぶことは多いけど、べつに私たちは狩りの専門家になりたいわけじゃないからね」

私たちの最終的な目的はギャグドを狩ることではない。

その肉を使った料理をリシュアの街に、ひいてはアズール全体に普及させること。

しかし、これすらも最終地点とはいえないだろう。

ビタミンB1の不足を補うには、イノシシ肉だけでは足りない。

もっとずっと多くの副菜をバランス良く食べる食生活を根付かせて、初めて成功といえるのではないか。

長い長い道のりだが、なるべく急がなくてはならない。

人が死ぬのだ。

私の努力によってそれを一人でも二人でも減らせるなら、努力しないという選択肢は存在しない。

「ん？　どうしたんだい？　ティア」

気がつけば、ティアマトがじっとこちらを見ている。

すでに相棒なので、仲間になりたそうに見ているわけではないだろう。

「いやの。存外に真面目じゃと思うての」

「……口に出してたか」

「これは失礼を承知で言うのじゃがの。日本の公務員というのは、もっとずっといい加減じゃと思うていたのじゃ」

「そういう輩がいることは否定しないよ」

自然と苦笑が浮かぶ。

何のために役人になるのかと問われれば、安定しているからと答える者は数多いだろう。

それが間違った考えだとは思わない。

誰しも自分や、その家族のために働いているのだ。

公務員だからといって無私の奉仕精神を要求されるのは筋が違う。

自分のために仕事をする。それで良いと私も思う。

ただ、私には指標とする人物がいるというだけのことだ。

「それは誰じゃ?」

「直接の知己ってわけじゃないよ。テレビで見たとか、その程度さ」

「ほう?」

一九八六年のことだ。

伊豆大島の三原山が大噴火を起こした。

このとき避難の総指揮を執り、島民および観光客の一万人強を、ただのひとりの犠牲者も出すことなく島外に脱出させたのが町助役であった秋田氏である。

関係各所に頭を下げ、必要な手をすべて打ち、最後の避難船が出航するのを見届けるために島に残った。

この出来事を、もちろん私は直接に知っているわけではない。

私が生まれた年の出来事である。

知ったのは、二〇〇〇年に放送された公共放送の番組でのことだ。

十四歳。

中学生だった。

「憧れたよ。格好良かった。私もかくありたいと思った」

「それがエイジの志望動機というやつじゃな」

「そこまでの信念があるか私自身にも判らない。けど、誰かのためにって思いはね、ずっとここにあると思う」

私は右手を胸に当てた。

格好つけすぎかもしれない。

「なるほどの。謎がひとつ解けたような気分じゃよ。どうして汝がこの世界の人間のために知恵を絞るのか、少し不思議だったでの」

「テレビの影響ってのは、ちょっと恥ずかしいけどね」

「何の影響でも善行は善行じゃよ。恥じる類のものでもあるまいて。さて、エイジの恥ずかしい過去話を聞いているうちに、魔狼どのが戻ったようじゃな」

「恥ずかしくないのか恥ずかしいのか、どっちなんだって気分だよ」

照れ笑いを苦笑に隠し、私は立ちあがった。


立派なギャグドである。

ティアマトが消し炭に変えてしまったやつと比較しても遜色ないほどの体躯（たいく）だ。

輝きを失ったばかりの赤い目が、恨めしそうに見上げている。

「で、これをどうするのだ？　ニンゲンよ」

「エイジでかまいませんよ」

「では、私のことはベイズと呼ぶことを許そう」

えらく尊大に許可された。

まあ魔狼から見れば、人間など本来は口を利くような相手ですらない。

最大限に良くいって敵手。悪くいえば捕食対象（エサ）でしかないだろうから。

「たしか、血抜きをするはずですね」

「ふむ。どうやるのだ？」

「…………」

どうやるんだろう？

異世界ファンタジー作品、とりわけ内政・開拓ものでは、わりとポピュラーなシーンだ。

だがしかし、私に解体の知識はない。

仮にあったとして、体長四メートルもの巨大イノシシをどうしろというのか。

なんであの主人公たちは、ああも簡単に解体してしまえるのだろう。

一回二回見学したことがある、という程度で憶えられるものなのか。

というより獲物とはいえ、できたてほやほやの死体を目の前にしてどうしてああも平然と作業ができるのか。

彼ら主人公は、本当に日本人なのか疑わしいところだ。

日常的に狩りをおこなっている狩猟民族とかなのではないのか。

ちなみに私は、すっかり腰が引けている。

ぶっちゃけ怖い。

迫ってくるギャグドも怖かったが、死体というのもやっぱり怖い。

「逆さ吊りにして首を切るのじゃよ」

いとも簡単にティアマトが言う。

インストールされた無駄知識の恩恵か、無駄でない方の知識のご利益かは判らないが、やり方を知っている者がいるというのは心強い。

心強いが、問題は手段だ。

体長四メートルもの大型獣をどうやって吊す？

私に持ち上げるような力はないし、私と同じくらいの身長のティアマトにも物理的に不可能だ。魔狼のベイズ氏はギャグドより大きいが、彼の前脚はロープを持ったり結んだりの細かい作業には、あまり向いていない。

そもそもロープもない。

「どうしよう……」

「我が脚をくわえて飛ぶか？」

「飛べるの？　ティア」

「羽があるからの。飾りじゃないのじゃよ。翼は。はっはんじゃ」

「私にも理解可能なネタを使ってよ」

ティアマトの提案としては、彼女がギャグドの脚をくわえて飛ぶ。うまく逆さ吊りになったところで、ベイズ氏がその首を切り裂いて血を噴き出させる。

ものすごい力業な血抜き方法だ。

このあたりが血の池になってしまわないか？　それ。

「丸かじりすれば良いではないか。エイジよ」

さすがに面倒そうに魔狼が首を振る。

「私が食べるわけじゃないんですよ。ベイズさん」

街の人に食べてもらうのだ。

ちゃんと血抜きをして美味しい料理にしないといけない。

ギャグドは美味しくない、という固定観念が最初に根付いてしまうと、それを払拭するのは簡単ではないのである。

逆に言えば、美味いという評価を最初から得られれば、一気に広まる可能性がある。

もちろんそうなったらなったで、森林資源の保護とか、乱獲とか、頭の痛い問題が浮上するのだが。

家畜化というのが、迂遠なようにみえて最も近道だろうか。

「では、やつらにやらせるべきだろうな」

にやりと魔狼が笑ったような気がした。

視線の彼方、小さく土煙が見える。

「馬車だ。近づいている。エイジの名前を叫んでいるところをみると、捜しにきたのだろう」

「この距離でよく判りますね」

「人間たちの感覚が鈍すぎるのだ。それでは野生では生きられまい」

「だから集団を形成し、街を築き、知識を次代に伝えることで長らえてきたんですよ」

私の一般論めいた警句に、ベイズがふんと鼻を鳴らした。

古来、魔獣の国など建国されたことがない。悪魔の帝国も、魔王が統べる王国も。

あるのは人間の国だけ。

それが、ひとつの答えではないだろうか。

判っているからこそ、ベイズ氏は嫌そうな顔をしたのである。

5

馬車に乗っていたのは、冒険者ギルドのガリシュ氏以下、四名の冒険者だった。

日帰りできるような場所に行ったきり戻ってこない私たちを心配して捜索に出てくれたのだ。

なんというか、申し訳ない気持ちでいっぱいです。

ガリシュ氏が伴った冒険者の中には、狩りを専門にする者がいた。

まさに時の氏神（うじがみ）というべき登場だ。

彼がいたことで、ギャグドの解体が成功したのである。まあ、ちょっと紆余曲折（うよきょくせつ）はあったのだが。

「紆余曲折の一言で済ませて良いものかのお」

苦笑混じりにティアマトが論評してくれる。

ガリシュたちは、私たちを簡単に発見することができた。

同時に、別のものも発見してしまった。

森の王たる魔狼、ベイズ氏である。

普通はびっくりするだろう。

その中で、冒険者四人の行動は、たぶん称賛に値するものであった。

いずれも青ざめた顔色だったが、馬車を守るように展開したのである。

「俺たちで足止めする！　ガリシュさんは逃げてくれ‼」

悲壮きわまる言葉とともに。

映画なんかだと、まさに見せ場ってシーンだ。

だからベイズ氏も付き合ってあげたんだと思う。

「ニンゲンども。我が前に立ちふさがるか」

とか言って。

「見せてやる。人間の底力ってやつを」

これ、剣士っぽい身なりをした冒険者の台詞だ。

便宜上、Aとする。

「ああ。この仕事が終わったら結婚するんだ。こんなところで死ねるかよ」

「足止めって言ったけど、倒しちゃっても良いんだよね」

このふたつはBとC。

盗賊（スカウト）っぽいのと魔法使いっぽい感じである。

最後のひとり、狩人（ハンター）っぽい冒険者Dが、胸にさげたペンダントを左手で持ち上げ、無言のまま口づけした後に弓矢を構えた。

きっとすごく思い入れのあるペンダントなんだろう。

恋人の形見とか、そういうやつだ。

もうね。

どんだけフラグが大好きなんだよって話である。
これ絶対、死んじゃうパターンじゃないか。
「良い覚悟だ。我が牙にかかることを誇りとして旅立つがいい」
ベイズが白銀の剛毛を逆立てる。
あと、こいつも問題だ。
なんでそんなにノリノリなのか。
ちなみにこの間、私はティアマトを肘でつつき続けていた。
つっこめよ、という意思表示だ。
もちろん丁重に無視された。
しかたなく私が事情を説明したのである。
盛り上がっている茶番に、冷静に踏み込んでいくのはけっこう疲れるのだ。
嘘だと思ったら、ぜひやってみて欲しい。
あのしらっとした空気は、一言でいってすごいストレスだから。
「しかし魔狼と友誼を結んでしまわれるとは。さすがエイジさまですな」
着々と進んでゆく解体作業を見守りながら、ガリシュ氏が言った。
心得のある冒険者が中心となって、じつに手際が良い。
ベイズもティアマトも手伝っている。
すっかり仲良しさんだ。

「その功績はティアのもので、私はべつに何もしていませんけどね」

「謙遜ですな」

度が過ぎると嫌味ですぞ、と、ガリシュが続ける。

残念ながら謙遜などではまったくなく、まぎれもない事実だったのだが、私は軽く頷いてみせた。

議論するような話でもないし、ティアマトと私の功績はイコールで結びつけられる類のものだからだ。

それが相棒というものである。

逆もまた真なりで、私が不始末をしでかせば、そのままティアマトの恥になってしまう。

まあ、組織でも企業でも同じだろう。

ひとり何かやらかしたら、全員がそう見られるのだ。

まして私たち公務員(やくにん)は、風当たりが強いこと強いこと。

「ともあれ、うまく肉にできたら次は調理ですね。馬車で来てくれて良かったですよ」

「まったくです。エイジさま。街まで運ぶ手段を考えてなかったとか、さすがに驚きましたぞ」

「面目(めんもく)ない」

我ながら計画性の欠片(かけら)すらないことである。

ギャグドを狩ったとして、その先のことをまったく考えていなかった。

解体して肉にすることも、街までの運搬手段も、どこでどうやって調理して、どのように食べるかも。

びっくりだ。

よくこれで狩りに行こうとか言いだしたものである。

私が野垂れ死にしなかったのは、超優秀な相棒とガリシュ氏の機転のおかげに他ならない。

「あ、そういえば、街まで保ちますかね？　肉」

ふと心づいて訊ねてみた。

初夏である。

けっこう過ごしやすい気温ではあるが、生鮮食料品をいつまでも常温に晒しておくのは、あまり良いことではないはずだ。

食中毒とか、そういう意味で。

「大丈夫でしょう。一日もかからないのですから。それに、多少傷んでたって死にゃあしませんよ」

「まあ……生で食べるわけではないですしね……」

すっかり忘れていたが、そもそも冷蔵庫などない世界である。

日本ですら、昭和の初めころまで山間部で海の魚なんかほとんど食べられなかった。

食べる習慣がないということではなく、ただ単純に輸送や保存の問題だ。

口に入るまでに腐っちゃうのである。

冷蔵庫や冷凍食品のご先祖が生まれたのだって、たしか十九世紀に入ってからの話。

現在のような形が整うのは一九七〇年になってからだ。

これはレトルト食品などの誕生と重なる。

あたりまえのように、この世界にそんなものはない。

冒険者たちが携行する保存食だって、ちゃんとした知識に基づいて賞味期限が設けられているわけではない。

細菌や栄養素の概念すらまだ生まれていないのである。

なんとなーく長もちする食べ物と、なんとなーく腐りにくいっぽい食べ物、の詰め合わせにすぎない。

具体的には乾し肉とか塩漬けとか。

ようするに『干す』か『塩に漬ける』という二択しかないわけだ。

水分を飛ばして菌の繁殖を防ぐ。細菌など存在も知らない状態で、経験則によって培われた保存の方法なのである。

といっても、そんな保存では、せいぜい保っても一週間か十日が限度だろうが。

「煮れば食べられますて」

からからとガリシュ氏が笑う。

「そっすね……」

出たな。煮れば食べられる理論。

日本でもたとえば戦中戦後の食糧難の時代を経験した人々は、食べ物に対して非常に執着する。

本来的に捨てることができない。

明らかに傷んでいる食べ物でも、なんとかして食べようと試みる。

その際に最も用いられるのが、煮るという方法だ。

で、それで腹をこわしたりするわけである。

腹痛くらいなら、まだ笑い話で済むが、古くなった食べ物をもったいないからと食べて食中毒で死ぬという結末は、かなり控えめにいってもバカバカしすぎて笑えない。

「保存と輸送も考えないとな……」

けっこう問題は山積みっぽいぞ。

脚気の対策というだけにとどまらない。

歪(いびつ)に発達してしまった世界。自然な流れに近づけるのは生半可なことではないだろう。

まったく、壊すのは簡単なんだぜ？　勇者様(くそやろう)。

しかし、保存や輸送の部分もきちんとしていかないと、今度は壊血病が蔓延することになってしまう。

こっちはビタミンCの不足だから、脚気よりは簡単そうではあるが。

「なんじゃ。また思い屈しておったのか？　エイジ」

ぶつぶつと呟いている私を心配したのか、ティアマトが近づいてきた。

鮮血の竜(ブラッディドラゴン)が。

なんというか、真っ赤っ赤である。

返り血で。

ふつーに怖い。

「まっこと汝は真面目よの」

呵々大笑する。

その姿で笑うのは、ぜひやめて欲しいところだ。

「乗りかかった船だしね。我ながら陳腐だけどさ」

「人を救うのに陳腐も臀部もなかろうよ。それより水浴びをせぬか？　近くに泉があるとベイズが言っておる」

「いいね。汗でべたべただよ」

私は汗と埃くらいのものだが、ティアマトとベイズ、冒険者たちは返り血でどっろどろだ。

この格好で街に戻るのは、ちょっと剣呑すぎるだろう。

6

泉は混浴だった。

男女を分ける仕切りのある泉があったら、それはそれでびっくりである。

このような場合はレディファーストで、私たち男が待つべきなのだろうが、魔法使いっぽい冒険者の女性からごく簡単に混浴の許可が下りた。

「あんまこっち見ないでね」

という言葉とともに。

おおらかなことである。

ちなみにもうひとりの女性であるティアマトは、普段から全裸なのでまったく気にしない。

あれ？　鱗って服みたいなものなのかな？

どうでもいいことを考えながらきれいな湧き水で身を清める。

水温はけっこう低い。

初夏とはいえ、ずっと浸かっていたら身体が冷え切ってしまうだろう。

「ふう。早く街に帰ってあったけー風呂に入りたいな」

私の横で身体を清めていた剣士風の男が言った。

精悍な顔立ち、鍛え抜かれて引き締まったサーベルのような肉体。

くっ。

うらやましくなんかないんだからねっ。

私は事務職なんだからっ。

「あ、神仙さまは風呂ってご存じですか？」

視線に気づいたのか、はにかんだような笑顔を浮かべる。

眩しい。

なんだこのイケメンオーラは。

「知ってますけど、そんなにかしこまらないでくださいよ。私はF級にすぎないんですから」

微笑を返した。

そうなのだ。

私とティアマトは、つい先日に登録されたばかりのF級冒険者。ようするに新米(ぺーぺー)である。

対する彼らは、全員がA級のチームらしい。

なんとか野郎Aチームって感じだ。

元ネタは私にも判らない。

ともあれ、実力がすべての世界である。A級(エース)がF級(ルーキー)に謙(へりくだ)った口調を使う必要はないだろう。

「いやいやっ、神仙さまに失礼な口きけませんって！」

ぶんぶんと手を振る剣士どのである。

「それに俺、この階級(ランク)制度すきじゃないんですよ。俺みたいなワカゾーがランクが上だからって偉そうにするって、なんか違うと思うんですよね」

「そういうものですか？」

なんとはなしに苦笑を交わし合い、泉からあがる。

私よりやや背は低いが、それでも百七十五センチ近くあるだろう。

この世界ではかなり恵まれた体格といえる。

手早く衣服を身につけ、

「サイファです」

右手を差し出してきた。

「あらためまして。エイジと申します」

握り返す。

爽やかで気取らず、ランクも鼻にかけず、顔立ちはきりりとして、スタイルも良い。

その上、金の髪と青い瞳ときた。

なんだこの主人公は。きっとモテモテだろう。

うらやましくなんかないんだからね。

私だって恋人くらいいるもん。

「ランクがお嫌いとのことでしたが」

ちらりと水浴び中の仲間たちに視線を走らせながら問いかけた。

少しなら雑談に興じる時間はありそうだ。

「俺、まだ十七なんですよ。ただのガキです。他人様（ひとさま）より体格が良くて剣が得意だってだけの。けど登録カードに書かれた能力（アビ）が高かったおかげで、美味しい仕事がたくさん受けられました」

「ほほう？」

「報酬が高くて名誉も稼ぎやすい、実入りの多い仕事ってヤツです。そんなのばっかりこなして、気づけばA級になってました。芸歴二年のA級ですよ？　どう思います？　神仙さまは」

「ふむ……」

私はやや考え込んだ。

地方公務員の世界には、あまりスピード出世というものは存在しない。基本的には年功序列だ。

どれほど才能を示そうとも、功績によって出世するということはない。

では民間企業ならどうか。

どちらの世界にもコネクションというのは存在するだろうが、民間の場合は実力で出世してゆくことは可能だろう。

しかし二年というのはない。

どんな会社でも、二年では新人から一歩踏み出せたかどうか、という段階ではなかろうか。

一人前にすら達していない。

あるいは、一般的な勤め人の世界ではなく、もっとずっと実力主義のスポーツ界の方が例として適当かも。

プロ野球とか。

トッププロは二軍選手を見下して良いか、という話だ。

そんなわけはない。

聞きかじりの知識だが、ああいう世界の方が礼儀にはうるさいという。

高卒の選手もいる、大卒の選手もいる、社会人野球からきた人もいるし、トレードやフリーエージェントで移ってきたプレイヤーもいる。

チームでの経歴もばらばら。

そんな中で、何をもって上下関係とするかといえば、年齢だ。

ベテランとか新人とか、一軍とか二軍とか関係なしに、年上の人は年長者として立てる。年少者には目をかける。

ちょっと格好良くいえば、その業界での経験より人生経験の方が重いということだ。

サイファの例で言えば、日本だとまだ高校生である。

自身に貼られた輝かしいレッテルに戸惑うのは、むしろ当然だろう。

「たしかにね。私はサイファくんより十四ばかりも年上だし、言葉を崩してもいいかい？」

崩してから許可を求めるとか、私もたいがいだ。

「もちろん！　ていうかエイジさまは三十一なんですか⁉」

喜びながら驚いている。

器用な若者である。

「……好きで三十路に踏み込んだわけではないけどね」

「俺の父親とあんまり変わらないってありえないですよ！　神仙さまって年取らないんですか！」

「いやいや。普通に取るから。あと体力とかないから。昨日から歩きづめで身体中痛いよ」

事実だからいっそう情けない。

この筋肉痛から解放される日はくるのだろうか。

「エイジさまは鍛え方が足りないだけなんじゃ……」

「街に戻ったら、トレーニングでもしようかな」

肩をすくめてみせる。

疲れない身体とまではいかなくても、アズール王国の人々が普通に一日で往復できる道程を、片道二日がかりという状況はなんとかしたい。

「あ、だったら俺が見ますよ？　基礎やっとくだけでもだいぶ違うと思うんで」

サイファくんが鍛え直してくれるらしい。

ありがたい申し出だが、私は笑って謝絶した。

野球の譬（たと）えをそのまま使えば、トッププロにリトルリーグの小学生が稽古を付けてもらうようなものである。

小学生にとって得るものは多いだろう。

しかしプロ選手にとっては明らかにマイナスである。小学生と一緒に練習して学ぶことなど何一つないだろうし、むしろ学ぶ点があったとしたら、プロ選手としてどうなんだってレベルだ。

私の鍛錬に付き合うというのは、残念ながらそういう次元なのである。

Ａ級の冒険者として多忙なサイファの時間を、そんな実利のないことに使わせるのは申しわけなさすぎる。

「というのが名目じゃな。本音としては、Ａ級冒険者の稽古なんか厳しそうだから嫌だ、といったところじゃろう」

良いタイミングで泉からあがってきたティアマトが適当（本当の）なことを言った。

よせよ。照れるだろ？

こちとらひ弱な木っ端役人だぜ？　時代劇とかなら開始三分くらいで死んじゃうか、ラストの大立ち回りでたくさん殺されちゃううちのひとりって役どころよ？

「ティアの見解を否定する要素がひとつもないのは事実だけどさ。サイファくんの時間を奪うわけにはいかないのも、また事実だよ」

時間は無限ではない。

まして彼らアズールの人々は、私などよりずっと寿命が短いのだ。

「なればサイファの時間を買えば良いじゃろ。エイジは少し鍛えた方が良いというのだって、動かしがたい事実じゃろうて」

くそう。

どうしても私に運動をさせるつもりか。相棒どの。

だが、まだだ。

まだ心の刃は折れていない。

「私にはA級冒険者を雇うような財力はないよ」

「そんなものは価格を訊いてみなくては判るまい。どうじゃ？　サイファ。毎朝の一刻ほどで良い。汝を時間拘束させてもらうのに、いかほどの金子が必要かの？」

半ば笑いながらティアマトが問いかける。

「それなら、一日銀貨三枚でどうですか？」

日本円にすると、時給千五百円といったところだ。

一度や二度ならともかく、恒常的に払えるような金額ではない。

「私には無理……」

「まあまあ。そう結論を急ぐものではない。この価格で適正か、サイファの仲間に訊いてみようではないか。どうじゃ？　皆」

次々と泉からあがってきた冒険者たちに視線を投げる。

「高い高い。ありえねえよ」と、盗賊風の若い男。

「桁をひとつお間違えじゃないですかって感じね」と、魔法使い風の女性。

「ぼったくりか……」と、狩人(ハンター)風の壮年男性。

満場一致である。

「一桁て。わかったよ。じゃあ銅貨三枚で」

サイファが価格を訂正した。

三百円。

時給なら百五十円だ。

ありえない値下げ率なのに笑ってやがる。

「んむ。決まりじゃな。良かったのうエイジや。武(ぶ)の師匠ができたぞ」

じつに爽やかにティアマトが宣言する。

なんか、出来(デキ)レース臭がぷんぷん漂ってるんですけどっ！

7

がらごろと重い音を立て車輪が回る。

馬車は一路、リシュアの街へ。

御者台で手綱を操るのはガリシュ。私はその横に座っている。

残ったメンバーは徒歩だ。

荷台にはギャグドの肉が満載してあるため、人間が座るスペースがないのである。

ざっと五百キログラム。

これでも内臓とか頭とか背骨とか、食べ方が判らないようなものや、使い道のない部分などはだいぶ捨てたのだが、積載量としてはかなりぎりぎりだ。

結果として、乗ってきた冒険者たちは歩くことになった。

剣士（ソードマン）のサイファ、斥候（レンジャー）のユーリ、魔法使い（メイジ）のメイリー、弓士（アーチャー）のゴルン。

役割（クラス）と名前については、紹介を受けたばかりである。

このほかに、ドラゴンのティアマトと魔狼のベイズがとことこと一緒に歩いている。

私だけラクをして申し訳ありません。でもけっこうお尻痛いです。

サスペンションとか、そういう用語すらないので仕方がない。

ちなみに、私だけが車上の人なのには、複雑でもなんでもない理由があったりする。

私の歩調に合わせると、全体の行動速度が著しく低下してしまうのだ。

ちょっとせつない。

極端に先を急ぐ旅ではないものの、生鮮食料品を積んでいるのだから速い方が良いに決まっている。

「このペースなら夕方までには街に入れますな」

御者台のガリシュが言う。

ハイペースだ。

なにが信じられないって、徒歩組の健脚である。

こいつら談笑とかしながら歩いてるクセに、私の小走りくらいの速度なのだ。

なに食ったらこんな体力が身に付くんだ？

「助かります。夜になってからベイズを連れて街門に近づいたら、問答無用で攻撃されそうですからね」

「いえいえ。攻撃どころではないかと思いますよ」

返ってくるのは苦笑の気配である。

魔狼というのは、そう簡単に敵対しうるような存在ではないらしい。

A級冒険者四人が、敗死を覚悟して戦うような相手だ。

王都を守備する兵隊たちだって、最終的には数で勝てるものの、勝利を得るまでに何人が冥界の門をくぐることか。

それほどの魔獣を神仙の二人組が連れていたら、攻撃どころか平伏しかねない。

「悪目立ちするのは避けたいんですがね……」

馬車の横を歩くベイズをちらりと見る。

街に帰る私たちに魔狼の長は同行を申し出た。

理由としては、今後ギャグドを人間が狩るとするならば、狩猟域について取り決めを交わしたい、というものだ。

いささか気の早い話である。

ギャグド肉が受け入れられるとは限らないのに。

これは、実効的な交渉というより、まずは人間たちに対して先制の一撃を与える、というのが目的か。

いずれにしても彼らの生存域が狩猟場となってしまうのだ。

ぼーっと事態を見守っているというのは、あまり賢い選択ではない。

「もっとも、そんなのはただの口実で、物見遊山が目的って可能性も否定できないんだよね」

口中に呟いた。

まさか魔狼の長がそんなしょーもない理由で森を出るとは思えないのだが、ティアマトと談笑しながら軽い足取りを運ぶベイズからは、残念ながら固い決意とかはまったく漂ってこないのである。

さて、調理するといっても私にそんなスキルはない。

異世界に渡った主人公たちは、どういうわけかやたらと調理技能が高いが、実家暮らしの独身男を舐めないでもらおう。

自慢ではないが、インスタントラーメンとレトルトカレーくらいしか作ったことがない。

あと枝豆と。

「ただ茹でるだけの簡単な仕事を料理と呼んで良いなら、エイジにも料理経験があるということになろうの」

とは、我が相棒の言葉である。

まったく、なんで主人公たちはプロ顔負けの技能があるんだ？

全員、調理学校でも出ているのか？

というわけで、入手したギャグド肉を料理に変えるのは、私の仕事ではない。

滞りなくリシュアに入ることができた私たちは、商人のミエロン氏が用意してくれた調理場へと向かった。

もちろん場所だけでなく、大店の主人は料理人も揃えてくれている。

至れり尽くせりだ。

「むしろエイジは、何の役にも立っておらぬの」

「本当のことを言うなよティア。泣いちゃうぞ？　おもに私が」

半日で行けるような場所に二日もかかり、肝心の獲物はベイズに獲ってもらい、解体はサイファパーティーに丸投げ。

運搬にはガリシュ氏が用意した馬車を使い、調理場も料理人もミエロン氏の手配。

ここまでの役立たずは、ちょっと類を見ないだろうってくらい私は役に立っていない。

「自分で言っているほどには嘆いておらぬようじゃがの」

「餅は餅屋ってね。私の能力が及ばない部分を嘆いたり嫉妬したりしても意味がないさ」

肩をすくめてみせる。

戦闘力もないし体力もない。それはどこまでいっても事実だ。

コネクションや影響力だって微々たるもの。

それはあたりまえのことだ。

人間ひとりにできることなど、本来的にたかが知れている。

べつに私でなくとも、三十年も人間業を営んでいれば気づくことだろう。

「私は知恵を出したからね。零点ではないだろ？」

「んむ。百点でもないがの」

くだらないことを言い合う私たちの視線の先、ギャグドの肉が調理されてゆく。

薄切りにして野菜と一緒に炒めたり、鍋に入れて煮込んだり、挽いてハンバーグのようにしたり。

いずれにしても、肉単体で食べるというより、ご飯のおかずになるように。

リクエストは私で、レシピの提供はティアマトだ。

もちろん彼女には料理などできないが、インストールされた無駄知識によって分量とかは判る。

しかも、こちらの世界に存在する食材の中から、だいたい似たようなものを挙げることもできる。

「問題は香辛料じゃの。やはり日本ほど豊富ではない」

「仕方ないんじゃないかな？　日本並みに揃ったらそっちの方が怖いよ」

「なれど、塩とハーブくらいしかないのでは、味にバリエーションが出せぬ。恒常的に食わせるとなると、問題になるのではないか？」

「それはあるかもなぁ……」

どんなに美味い料理だって、毎日食べ続けたら飽きてしまう。

ただ、肉料理自体はアズール王国でも普通に食べられているので、ある程度はご家庭でアレンジできるのではないだろうか。

私たちとしては、ギャグドの肉が美味しい、と、思ってもらえればまずは第一段階クリアである。

やがて、すっかり姿を変えたギャグドが、私たちの前に並べられた。

エール酒なども運び込まれる。

うん。まあ、そうなるよね。

冒険者ギルドでも思ったし、ミエロン氏の邸宅でも思ったが、基本的にこの国の人々はお酒が好きだ。

ほとんど水代わりに飲んでいるといっても良いくらいに。

「じゃあ、さっそくいただいてみましょうか」

私が口火を切って食べ始める。

これは、多少の心理的効果を期待してのことだ。

多くの人にとって未知の食材だから。

最初のひとりになる勇気というのは、なかなか湧いてこないだろう。

匙(さじ)をつけたのは野菜炒めである。

見た目は普通だ。

たっぷりの野菜と一緒だし、これは充分におかずになる。

「けど、ちょっと味付けが薄いかな？」

もぐもぐと咀嚼しながら感想を述べる。

ごく薄い塩味だ。

素材の味がいきているといえば聞こえが良いが、少しばかり寂寥(せきりょう)感がある。

もっとこう、がつんとくる味が好みだ。私としては。

具体的にはジンギスカンのタレなんかと一緒に炒めたら、すごい美味しいんじゃないかと思う。

「始まったぞ。何にでもジンタレ(ジンギスカンのタレ)を使おうとするどさんこの悪いクセが」

「なんだとぅ？」

「そんなに濃い味好みなのは汝だけじゃ。エイジ。まわりを見てみるが良い。おおむね満足げに食しておる」

ティアマトに言われて視線を巡らすと、参集したメンバーは思い思いに感想を述べ合いながらギャグド料理を楽しんでいた。

相棒の言葉通り、不満な様子はなかった。

「私がおかしいのか？」

「現代人じゃからの。強い味に慣れすぎじゃ」

かかか、と小さなドラゴンが笑った。

8

私とティアマトが馬鹿な会話を楽しんでいると、目の前にスープ皿が置かれた。

中に入っているのは、柔らかな緑色をしたスープだ。

ふっふんとミレア嬢が胸を反らす。

ミエロン氏の息女である。

「仙豆(センズ)をスープ仕立てにしてみましたよ！」

「…………」

うん。研究熱心なのはけっこうなことだし、枝豆のポタージュというのは、わりとありだと思う。

私が愛読していた異世界ものの小説に登場する喫茶店のマスターあたりが考えつきそうな一品だ。

だからそこは良い。

見た目も優しい感じだし、女性たちにも受けるだろう。

問題はそこではなく、奇妙奇天烈な名前の方だ。

「あの……ミレアさん？　仙豆というのは……？」

「神仙さまがもたらした大豆で、仙豆。この名前で売っていこうと父さんが！」

「そっすか……そうじゃない可能性に賭けてみたんですがね……」

できれば、かなりの勢いで勘弁して欲しいネーミングだ。

どこぞの野菜戦士が登場するアニメではあるまいし。

あんなバケモノみたいな回復作用はないぞ。

だってただの枝豆だもん。

「んむ。宣伝戦略としては悪くないの。ただの豆というより、神仙がもたらしたといえば、ありがたみが増すものじゃ」

えらく無責任なことを言うのはティアマトだ。

看板に偽りありなんてレベルじゃない。

ただの詐欺である。

私たちは、枝豆にビタミンB1が含まれていることをたまたま知っていただけ。

神の加護も仙人の祝福も、なんにも与えてなどいない。

偶像崇拝より性質が悪いだろう。

「あのなぁティア……」

「汝は難しく考えすぎじゃよ。エイジや。鰯の頭も信心からというじゃろ。付加価値をつけることが肝要じゃ」

ずず、と器用にスープを飲みながら言う。

「付加価値て」

「元は家畜のエサでした、というのでは、いかにも体裁が悪いじゃろ。汝が言っていたことではなかったか？」

「それはたしかにそうだけど」

家畜のエサなんか食えるか、という思いこみによって、食するのをためらわれないか。

私が実際に危惧したことだ。

だからこそ、私が最初に匙をつけたのである。

「なんでもかんでも馬鹿正直に告白すれば良いというものではない。宣伝には多少の誇張はつきものであろ」

べつに嘘を言っているわけでもないしの、と、付け加える。

私が伝えねば、枝豆が人々の口に入ることはなかった。

そういう意味では神仙(ハミット)がもたらしたというのは嘘ではない。事実のすべてを網羅していないだけだ。

「仕方ないか……」

「納得できぬかや？」

「まあね。でも理解はしたよ」

私は肩をすくめてみせた。

必要な措置だと思うことにする。ネーミングセンスについても、他に名案があるわけでもない。

反対するなら対案(たいあん)を示せというのは社会人の常識だ。

ただ嫌だから、という理由では子供の駄々と一緒である。

結局、枝豆は仙豆(ハミットビーンズ)と名付けられることになった。

酒場などでも、お通し(チャーム)として提供される。

対してギャグドの肉は、普通に料理として振る舞われるらしい。

「豆はともかく、肉の方はそう安価でというわけにもまいりません」

とは、ミエロン氏の言葉である。

家畜化されているわけでもなく、商品の供給は狩猟の結果に左右されるから当然だろう。

「簡単にはいかんものじゃの」

たらふく食ったのか、ふうと満足の吐息をついたティアマトが言う。

「将来的には、きちんと畜産にするべきだろうね」

顎をさすりつつ応えた。

ポーズに意味があったわけではない。

疲れただけだ。なんというか、こっちの人はずいぶんと歯も顎も丈夫らしい。

ギャグドのモモ肉などは、もうがっちがちだった。

しっかりと締まった筋肉で、じつに野趣にあふれている。

旨（うま）みも充分だったため、私もつい食べすぎてしまったが、さすがに顎ががくがくである。

分厚いステーキをガツガツいけちゃうリシュアの人々は、やはりひ弱な現代人とは違う、というところだろう。


「具体的にはどうするのですかな？」

ミエロン氏が問う。

額に噴き出した汗を手拭いでぬぐいながら。

浴場だ。

リシュアには数多くの浴場があり、我々も食後のひとっ風呂としゃれこんでいる。

ちなみに、ほとんどの浴場は混浴だ。

したがって、ティアマトやミレア、メイリーなども一緒に入っている。

なんでもー、この国にー、風呂文化をもたらしたー、勇者様はー、混浴が普通だと教えたらしいよー。

うん。江戸時代かよ。

たしか、映画『ＳＨＯＧＵＮ』とかでは、江戸の女性とオランダ人の男性が混浴している。

で、驚く男性に、

「この国では男女の間には見えない壁があると考えられており、風呂で肌を晒すのは恥ずかしいことではない」

みたいなことを言うのだ。

うろ覚えの知識で申し訳ない。

でも、たぶん問題ないと思う。九割くらいの確率で勇者様は江戸時代の人でもないし、自らの風習に基づいて風呂文化を広めたわけじゃないだろうから。

ようするに混浴したかったんだよね。

しかも自分だけの特権としてじゃなくて、それがあたりまえだと理由付けしたかった。

あるいは、混浴は恥ずかしくないよって言い訳として使った言葉が定着しちゃったか。

そんなとこだよね。

言っとくけど、女性が色っぽく体を洗うなんて幻想だからな？　フィクションだから映像作品だから色っぽいんであって、普段の生活で異性の目を気にしたような洗い方なんてするわけないだろ。

「エイジさま？」

色気もへったくれもありませんよ、という風情で身体や頭を洗う女性陣を見ないようにしながらぼーっとしていた私に、ミエロン氏が心配そうにする。

「あ、いえ、何でもありません。家畜化の話でしたっけ」

「ええ」

「私も専門家というわけではありませんので、確たることは判らないいんですけどね」

言い置いて、簡単に説明する。

幸い、森の王たるベイズという知己を得た。

彼を頼って、ギャグドの子供を何頭か都合してもらえれば、それを育て増やすことで恒常的な供給を確保できるだろう。

畜産のノウハウそのものは、すでに家畜がいるのだから存在しているだろうし。

ただ、ギャグドはあくまで魔獣だし、でっけー牙もあるので注意が必要だ。

生産者が怪我をしたり殺されたりしたら目も当てられない。

「ブタにも牙があるがのう」

すーいと湯舟を泳いで移動してきたティアマトが教えてくれた。

「あるの？」

「イノシシを家畜化したのがブタじゃ。なんで家畜になっただけで牙がなくなると思うのじゃ？」

言われてみればその通りである。

「ブタは生まれたその日のうちに犬歯を切られるのじゃ。乳を吸うときに母ブタを傷つけないように、という理由もあるがの」

「牙を抜かれた、なんて表現があるけど、まさにそんな感じだね」

飼い慣らされ、すっかり大人しくなった、というほどの意味だ。

あるいは、こういう部分からきた言葉なのかもしれない。

獣を人間の都合に合わせて飼育するのだから、野生が残っていては困る。

残酷なようだが、これは仕方がないことだろう。

「ただ、一朝一夕にどうこうできる問題じゃなさそうだね」

「んむ。無理になんとかしようとすれば歪(ゆが)みが生まれるだけじゃ。地球での畜産の歴史は一万年以上といわれておるでの。我らがちょいちょいと手慰みに変えられる重さではなかろうよ」

それはたしかに重い。

紀元前の昔から、人々が試行錯誤を重ねて積み上げてきた歴史だ。

ちょっと聞きかじったくらいの知識でひっくり返すのは危険すぎる。

勇者様(くそやろう)がやってきたことと、同じ轍を踏むわけにはいかない。

「というわけじゃ。ミエロン。我らには畜産に関する知識は乏しいゆえ、詳細な方法について教示することはできぬよ」

「いえいえ。ティアマトさま。ヒントは充分にいただきました」

ミエロン氏は落胆した素振りもみせない。

さすがは大店（おおだな）の主人である。

9

翌日のことである。

朝一番にサイファがやってきた。

そして、私を無理矢理ベッドから引きずり出し、奴隷のようなボロ着に着替えさせ、ミエロン邸の内院（なかにわ）に連れていった。

あげく地べたに座らせ、這いつくばらせるように背中を押すのだ。

「むごい……なんて仕打ちだ……」

まるで悪鬼羅刹（あっきらせつ）である。

「なに言ってんですか。エイジさま。ちゃんと柔軟運動しないと怪我するでしょ」

「うう……」

無駄に爽やかな笑顔が眩しい。

なんでこんなに元気なんだ。

「エイジが貧弱なだけじゃの。筋肉痛で動けないとか。おっさんすぎじゃろう」

ティアマトまでひどいことを言っている。

一昨日から昨日にかけて、私はたくさん歩いたんだよ？

しかも野宿だったからあんまり眠れなかったんだよ？

何が面白くてトレーニングをするのだ。

ようやく街に帰ってきたんだから、少しくらいゆっくりさせてくれてもいいじゃないか。

身体中が悲鳴をあげているじゃないか。

私の身体はぼろぼろすぎるじゃないか。

これはもう事務職じゃないじゃないか。

若者よ、

もうよせ、こんなことは。

「風間エイジ著、ぼろぼろな役人」

「すみませんエイジさま、俺にはあなたが何を言っているかさっぱり理解不能です」

「うん。ザレゴトだから気にしないで。サイファくん」

昭和三年に発表された高村光太郎の『ぼろぼろな駝鳥(だちょう)』をもじって、異世界人たるサイファが理解できたらそっちの方が怖い。

ともあれ、彼に基礎トレーニングを頼んだのは私である。

とってもとってもはめられた感があるが、頼んじゃったものは仕方がない。

泣きながらでも鍛えるしかない。

もう帰りたいよ……。

「柔軟運動で痛いとか、なまりすぎではないのかのぅ」

頑丈そうな尻尾で、びったんびったん地面を叩きながらティアマトが笑う。

ちなみに彼女はベイズと遊んでいる。

組み敷かれたら負け、というゲームらしい。

全長四メートル以上の魔狼と、尻尾を除けば二メートル足らずのドラゴン。大きさの比較なら勝負にならないが、ベイズの方が一方的に翻弄されているだけだ。

組み付くどころか、有効打を放つための攻撃圏内に入らせてすらもらえない。

もちろん私がそんなものに混じったら一秒以内に死んでしまうので、それなりに距離を空けている。

ベイズの攻勢を捌(さば)きながら、私とサイファの会話に入ってくるくらいだから、どんだけ余裕あるんだって話だ。

「それにしてもエイジさま。身体かたすぎませんか?」

左腕を掴んでぐーっと後ろに反らしながらサイファが言う。

ストレッチというより整体のようだ。

けっこう気持ちいい。

「申し訳ない。身体を動かす仕事をしていなかったからね」

「謝るようなことじゃないですけど、これいきなり動かしたらかえって怪我しちゃうかもですね」

半笑いでため息を吐くサイファくん。

それはあるあるだよ。

子供の運動会を応援にいったお父さんが、父兄参加の競技で張り切りすぎてアキレス腱を切っちゃったりするからね。

日頃から運動不足の人間を舐めてはいけないのだよ。

「べつに舐めてませんて。とにかく今日はしっかりほぐします。動かすのは明日からですね」

「ずっとほぐし続けてくれても良いのよ？」

かなり気持ちいいから。

サイファがマッサージ師になったら、通っちゃうレベルで。

「それじゃいつまでも鍛えられないじゃないですか」

うん。

正論すぎて泣けてくる。

「けどまあ、本当にサイファくんはうまいね。どこでこんな技術を身に付けたんだい？」

「勝手に憶えますよ。壊し方が判るってのはそういうことです」

さらっと怖いことを言っている。

やはり彼は、戦うことに特化した男なのだ。

さて、朝のトレーニングを終えた私たちは、揃って朝食の席についた。

ミエロン氏の体調は、ますます良くなっているようだ。

おそらくまだ充分な量のビタミンＢ１は摂取できてはいないと思うが、それでも慢性的な不足状態からは脱したのだろう。

「仙豆の効果が、早くもあらわれたようです。エイジさま」

席上、ミエロン氏が口を開く。

今日も食卓にはたくさんの枝豆料理がのっている。

なかでも目を惹いたのは、豆を入れたまぜご飯だ。

これはいい。

白米に塩味が染み、じつに進む。

「と言うと？」

一度匙を止め、私は問い返した。

効果というのは、もちろん彼個人の体調のことではないだろう。

快方に向かっているのは、一昨日にも確認している。

「エイジさまがたのいなかった間に、知人の営む酒場などに仙豆を提供したのですが、今朝から追加の注文が殺到しておりますよ」

「なるほど」

苦笑する。

昨日の試食会、ギャグド料理だけでなく枝豆料理も妙に完成度が高いと思った。

私たちの戻る前から、すでに着々と準備は進んでいたということである。

まさに機を見るに敏だ。

しっかりと商機をつかまえてくる。

「ただ、問題がないわけではございません」

「なんでしょう？　まさか枝豆が品薄になってきたとか？」

だとしたら一大事である。

たった数日で枯渇してしまったら、とても全住民になど行き渡らない。

「いえいえ。そちらは問題ありません。もともとが飼料用ですので大量に作られておりますし、むしろ勝手に増えるので農家では手を焼いていたくらいですからな」

豆の生命力、侮りがたし。

その厄介者である豆を、ミエロン氏の商会は大量に買い付けている真っ最中である。

生産者はほくほく、ミエロン氏も充分に利益が見込める。

ＷＩＮ－ＷＩＮだ。

さらにそれで町の人々を救えるのだから、もうひとつＷＩＮがつく。

「では、なにが問題なのですか？」

「女性層から不満が出ております。大きなものではありませんが」

「というと？」

「酒のアテばかりじゃないか、と」

「ああ、それは……」

これには苦笑しかでない。

私が教えた塩ゆでなんて、まさにビールのおツマミだ。

そこからスープとかご飯とか、色々研究してくれてはいるが、やっぱり枝豆の本領はお酒のおともだと私も思う。

ギャグドの肉だって、どっちかというとパワー系の食材だろう。

あんまり女性受けはしないかもしれない。

「言われてみれば、うちのメイリーもそんなに食ってなかったですね」

とは、サイファの弁だ。

彼のチームの紅一点である。

あまり飲酒をたしなんでいる感じでもなかったから、エールと一緒にガツガツと肉や豆を喰(く)らう、というわけにはいかないだろう。

「ふうむ。枝豆で女性の好むような料理か……」

難題である。

なにしろ私には料理の知識がまるでない。

「ティア？　何か知ってる？」

「女子供は甘いものを好むのではないかの？」

朝からベイズとギャグド肉を奪い合っている彼女は、生物学上の女性であるはずだが、じつに安直な意見を出してくれた。

酒を飲まないから甘党、というのは、ちょっと短絡しすぎじゃないかな。

「ほほう。甘味ですか」

食いついたのはミエロン氏である。

視線を巡らせば、サイファやミレアも興味津々の体だ。

思い出した。

古来、甘いものというのは憧れだったのである。

現代日本のように、手軽にお菓子など手に入らない。

はるかな昔、日本人は甘味を求めて甘葛（あまずら）の根をかじったりなどしていたのである。

もちろん私はそんな時代など知らないが、この世界の人々の生活は、むしろその時代に近いだろう。

であれば、枝豆を使った甘いお菓子などがあれば、爆発的に普及するのではなかろうか。

「つっても、枝豆のお菓子なぁ」

記憶層を掘り返してみる。

思い浮かぶのはしょっぱい系か辛（から）い系ばっかりだ。だいたい、スナック菓子なんか味は知っていても作り方など判らない。

「あるじゃろ。日本伝統のやつが」

悩む私にティアマトが笑った。

そんなのあったっけ？

イメージとして、枝豆はしょっぱいんだが。

「ずんだじゃよ。ＺＵＮ－ＤＡ」

「なんでそんな発音で言ったの？」

10

ずんだ餅。

東北地方の郷土料理である。

餅の上にすりつぶした枝豆をのせて食べる、というのが伝統的な食べ方だ。

しばらく前に放映されていた公共放送（NHK）の大河ドラマで、伊達政宗（だてまさむね）公が、諸大名に振る舞っているシーンもあった。

実演販売かよと思ったものだが、ようするに戦国時代にはもう存在していたということである。

あの作品の時代考証が間違っていないならば。

ちなみに、本来ずんだは甘いとは限らず、塩をきかせたものもあるという。

昨今では甘い方が主流になっていて、ずんだスイーツと呼ばれるらしい。

札幌駅の地下にも、ずんだシェイクなるものが売っている。

けっこう美味しかった。

「なんとかいうよく肥えた芸人も絶賛していたしの。女子供にもうけるじゃろ？」

「あの人は女性でも子供でもないよ。あと芸人じゃなくてコラムニストだからね」

ティアマトの言葉には、一応の訂正を加えておく。

私自身は面識があるわけではないし、べつに好きなタレントというわけでもないが、肩書きくらいは正確に記憶しておくべきだろう。

きっと。

「ともあれ、言いたいことは理解したよ。ずんだなら材料さえ揃えばなんとかなるかもしれないすりつぶしてお餅にのせるだけだもの！」

「必要な材料は、枝豆と砂糖。味を調えるのに塩が少々じゃ。餅の方は、今ある米をついても大丈夫じゃな。普通の餅のように伸びはせぬが、一応の食感は得られよう」

インストールされた知識を使って、ティアマトが教えてくれる。

たぶん無駄じゃない方の知識だろう。

「砂糖か……それが問題だね。ミエロンさん。この国の人々にとって、どのような甘味が一般的なんですか？」

対するミエロン氏の回答は、メイプルシロップであるとのことだった。

サトウカエデの樹液を煮詰めたものである。

もちろんこの世界に、そんな名前の樹木があるということではなく、私にも理解可能な用語に置き換えられている。

「シロップかぁ、なんかずんだには合わなそうだなぁ」

「それ以前の問題として、そうそう手に入るものではございません。価格的に。ハチミツなどもございますが、そちらはもっと高価です」

「ですよね」

そんな簡単に手に入るなら、サイファやミレアまで興味津々になるはずがない。

甘いということが、イコール美味しいということ。

そんな時代に、彼らは生きているのだ。

なのに白米だけはある。

そりゃ食べすぎもするだろうね。米ってのはほのかな、ほんのかすかな甘みがあるから。

せいぜいライ麦くらいしか食ってなかった連中に、米の味なんか教えちゃったらどうなるか。

解答が、この状態だ。

ひどく歪（いびつ）な世界である。

それを是正するために、私はさらなる歪みをもたらすというわけだ。

「そう悲観したものでもあるまいて。汝が教えずとも、民たちはいずれ枝豆にもギャグドにもたどり着いたじゃろう。ビタミンの存在にもの」

私の顔色を読んだのか、ティアマトが慰撫（いぶ）してくれる。

事実だろう、と、私も思う。

地球人類がそうであったように、彼らにだって自らを救う知恵がある。

脚気の治療法も、いずれ見つかる。

ただそれがいつになるか判らない、というだけの話だ。

ビタミンの存在が系統づけて理解されるのは一九二〇年のこと。ではそれまで、壊血病や脚気に対する治療法がなかったのかといえば、そんなことはない。

経験則や試行錯誤の中から、効果のありそうなことは生まれていた。

たとえば一七〇〇年代の中盤には、壊血病には果物が効くと発表されている。どうして効くのかという根拠を示せなかっただけである。

もし、今のアズール王国が中世ヨーロッパくらいの時代区分だと仮定すれば、古くは五世紀ということになるだろう。

そこから脚気の治療法が確立される二十世紀まで。

最長で千四百年ほどの時間が必要となる。

脚気によって七十年間に百万人以上が死んだ、と私は先述した。その計算式を当てはめれば、二千万人以上が死ぬことになる。

文字通り世界が滅ぶだろう。

私は、それを避けたいと思った。

だから知識を使った。

現代知識チートによって歪められた世界を、やはり現代知識というチートで修繕する道を選んだ。

「それで良いのじゃよ。エイジや。ナイチンゲールはクリミアでコネクションを用いて人々を救ったぞ。それを悪と思うかや？」

笑いながらティアマトが言う。

英国を含む連合軍とロシアが戦ったクリミア戦争。

看護婦のフローレンス・ナイチンゲールはその野戦病院に乗り込み、男社会だった軍隊を、ヴィクトリア女王のコネクションまで使ってねじ伏せ、四十二パーセントだった死亡率を二パーセントまで引き下げた。

コネ、私財、マスコミ、時には拳まで。使えるものは何でも使って人々を助けた。

日本人がイメージする『白衣の天使』という像からはかけ離れている。

しかし、やはり天使なのだ。

『天使とは、美しい花をふりまく者ではなく、苦しみあえぐ者のために戦う者のことだ』

という、彼女の言葉が示す通りに。


「砂糖を、作りましょう」

宣言して、私はティアマトを見た。

「ティア。ビートは手に入る？」

「さすがどさんこじゃのう。サトウキビではなく、最初に思いつくのは甜菜かや」

うっさい。

我が北の大地は、砂糖大根の生産量日本一だ。ついでに日本の砂糖の生産量の七割以上がこれだ。

サトウキビなんて知らないもん。

北海道のどこに生えてんだよ。そんなの。

「結論から言えば甜菜はあるのう。ただし原種に近いものじゃな」

糖の含有率は、現代のものほどは高くないという。

「具体的には一パーセントほどじゃ。今作られておるのは二十パーセントほども糖分が含まれているゆえ、ちと比べものにはならんの」

ティアマトが説明してくれる。

「一パーセント……それはたしかに勝負にならないね……」

「先人たちが続けた不断の努力によって今がある。べつに砂糖に限った話でもあるまいよ」

それはあたりまえの話。

私たち現代人は、何の疑問もなく二十一世紀の文明を享受しているが、どんなものだって、どんなことだって、誰かが始めなくては生まれなかった。

夢を見て、叶えたいと願って、実現しようと執念を燃やして、幾多の失敗を繰り返しながら築き上げてきた。

数え切れない人々の、途方もない努力の上に、私たちの生活がある。

そして私たちの為したことが、後の世代へと引き継がれてゆく。

連綿と続く人類の歴史は、そうやって紡がれるのだ。

今の私になら、神とは名乗らなかった恒星間国家連盟（リーグ）の監察官（インスペクター）が、どうして世界渡りを嫌うのか理解できる。

冒瀆だからだ。

結果を知っている者が、その知識を使って後進を導く。

たしかに聞こえは良い。

良いことをしていると錯覚することもできるだろう。

しかし違うのだ。

異世界の人々には間違う権利がある。失敗する権利がある。どうしようもない状況に陥る権利がある。

間違いを是正する権利がある。失敗から学ぶ権利がある。そして絶望の中に希望の光を見出（みいだ）す権利がある。

それを奪うことは、たとえ神にだって許されない。

ようするに勇者様（くそやろう）たちのやってきたのは、そういうことだ。

米食を普及させた勇者様（くそやろう）は、ご自分で品種改良をなさったのですか？　ご自分で脱穀や精米の方法を発見したのですか？　教科書やネットに書かれている知識を得意げに披露しただけなのではないですか？

あなたは、先人たちの努力の結果を盗み、それだけでは飽きたらず、この世界をも壊すつもりなのですか。

謹啓(きんけい)、勇者様(くそやろう)。

私は、あなたの壊した世界を直しますよ。

あなたと同じ、現代日本の知識を使って。

動き出す歯車

1

「たすけてー、ティアえもんー」

「んむ。シリアスな顔で格好つけておった男と同一人物とは、とても思えぬな」

「さーせん」

大見得を切ったところで、私にできることなどたかが知れている。

甜菜（ビート）の原種を手に入れるにしても、それがどこにあるのかすらわからないのだ。

「甜菜は、もともと地中海の方の植物じゃな。生育範囲としては温帯なのじゃが、べつに亜寒帯くらいなら普通に育つし、日較差（にちかくさ）があった方が甘みが増す」

一日の最高気温と最低気温の差。

それを日較差という。

そして私は、そういう土地を知っている。

「つまり北海道ってことだよね」

「じゃな。北見（きたみ）などが、じつに栽培に向いておるの」

「たしかかなりの規模のビート農場があったはずだよね」

「んむ。そしてこの前から我らが食している米じゃが、汝は銘柄をなんと読む？」

また難しい問いかけだ。

私は食通（グルマン）ではないので、食べただけで米の銘柄など判らないぞ。

「ぬう……」

「普段食っておるじゃろうが。汝は自分の家で使っている米も知らぬのか？」

「うえ？」

「きららじゃよ。きらら３９７」

「北海道米だったの!?」

「じゃな。この地の気候は道南地域によく似ておる。ゆえに北海道米の育成に最適じゃろうよ」

夏は乾いており日照時間が長く、反対に冬には湿度が高くなる。

本州、とりわけ関東地方とは逆の気候だ。

「この気候で育てるならば北海道米。勇者はそう考えたのじゃろうな」

「そこまで考えたんなら、その後のことまで考えて欲しかったよ……」

あるいは九州地方の米とかを持ち込んで、育成に失敗して欲しかった。

なんでよりによって道産米にいっちゃうのか。

寒さに強い上に収穫量はばかみたいに多い、しかもきららはかなり美味しい部類の米だ。

こういう部分だけ最適解を選ばなくても良かろうに。

「ともあれ、ビートは近くにあるってことだよね」

北海道ならば、自生していておかしくない。

「んむ。ミエロンよ。リゲルはどのあたりに生えておるか？」

問いかける。

甜菜の、こちらでの名前である。

「リゲルでございますか……」

ふむと考え込むミエロン氏。

その顔には、またぞろ変なものを求めだしたぞ、この神仙は、と大書きしてあった。

当然である。

たぶん、ただの雑草だという認識だろうし。

「ミエロンさん。これから甘味料の作り方を伝授します。神仙の」

「なんと……!?」

私の言葉に、ミエロン氏の目が大きく見開かれる。

「しかし、心してください。これはおそらく世界を変える知識となるでしょう。米と同様に」

「はい。重々承知しております」

勇者のもたらした白米によって、脚気が引き起こされた。

では、砂糖によってどんなトラブルが起きるか。

正直なところ私にも判らない。

判らないが、文字通り世界を変える可能性はある。

もしかしたら、新たな滅びを呼び込む扉かもしれないのだ。

「ですから、この先を聴くべきではないとあなたが思ったなら、私は話しません」

「エイジさま。ここまで話しておいて、それは殺生というものにございましょう」

ミエロンが笑い、サイファとミレアもこくこくと頷いた。

甘味が手に入るかもしれない。

メイプルシロップやハチミツ以外の。

目を輝かせない者がいたら、少なくともそれは商人ではないだろう。

サイファは冒険者だが。

「わかりました。では、採りに行きます。リゲルを」


甜菜(リゲル)の群生地は、リシュアから北に四日ほどの場所にある丘陵地帯とのことだった。

もちろん、こちらの世界の人々の足で四日である。

私のペースだと一週間くらいはかかるだろう。

むしろ一週間も歩き続けることができるか、そっちの方が問題だ。

はっきりと言おう。無理である、と。

「んむ。まったく威張れた話ではないのう」

そんなわけで、私たちは馬車を仕立てることとなった。

二頭引きの荷馬車が四両。

ちょっとした隊商（キャラバン）である。

信じられないことに、リーダーは私。アドバイザーはティアマトとベイズで、護衛役としてサイファのチームと、ミエロン商会を代表して番頭（ばんとう）のリガーテさんという人が同行する。

それに甜菜を掘るための作業員が十六名。

資金と物資の提供はミエロン商会、人員の手配は冒険者ギルドが請け負ってくれた。

一大プロジェクトである。

いくらA級冒険者とはいえ、護衛がサイファチームの四名だけでは不安が残る、とミエロン氏は心配していたが、私としては杞憂（きゆう）だと思う。

だって、貴重品の輸送とかじゃないし。

なにしろ、砂糖大根（ビート）を掘りに行くだけだし。

さらに、ティアマト（ドラゴン）とベイズ（フェンリル）がいるし。

野盗とかが出ても、たぶん瞬殺だろう。

ところで、途中何度か野営をしなくてはならないため、私の装備品も新調した。

こちらに来たときの、スーツとお洒落革靴（デートファッション）では、さすがに冒険には向かない。

初夏とはいえ夜は冷えるので暖かい衣服と膝丈のブーツ。それにマント。

あと護身用としてショートソードを腰に佩（は）いた。

何の役にも立たないだろうけど！

「エイジさまは背が高いから、短剣より長剣の方が良いと思うんですが」

とは、装備を調えるのに付き合ってくれたサイファくんの台詞である。

よく気もつくし、優しいし、性格も良いし、イケメンだし、私が女だったら惚れちゃったかもしれない。

「嫌だよ。重いもん」

「重さで叩きつけるのが本来の使い方ですよ。軽くしてどうするんですか」

無茶なことを言う。

革鎧（かわよろい）すら重くて着れない私に何を求めているのか。

「んむ。まったく威張れた話ではないのう」

「ティアはそればっかりだねぇ」

「我とて、同じことばかり言うのは好みではないのじゃがな。ツッコミ担当としての力量を疑われそうじゃし」

いや？　あなたはツッコミじゃないでしょう。

満場一致でボケだと思いますよ？　ワタクシは。

ともあれ、出発の日である。

ガリシュ氏やミエロン氏が街門まで見送ってくれた。

もちろん奥方やミレア嬢も。

なんというか、魔王討伐に出発する勇者！　という風情だ。

農作業に向かうだけなんだけどね！

「出発してください」

御者台の隣に座った私が指示を出した。

頷いた御者が、手綱を操る。

がらごろと音を立て車輪が回る。

この世界に来て初めての冒険。

幕があがる。


と言っても、道中に特筆すべき点は何一つなかった。

モンスターの襲撃もなく、野盗の来襲もなく、行き倒れの美女を助けるとかいうイベントも発生しない。

まさに平和そのものである。

退屈だと言い換えても、まったく過言ではない。

むしろ大変だったのは、群生地とやらに到着してからのことであった。

なんとなーくビート畑のようなものを想像していたのだが、考えてみたらそんなわけはないのである。

ちょっと起伏のある草っぱら。

ぼうぼうに生い茂る草の中から、甜菜(リゲル)を探し出して掘り起こさなくてはならない。

当初、作業は難航した。

重機もなく、ひたすら手掘りだから。

しかもリゲルの根がどんなものなのか、作業員たちは知らない。

試しにティアマトが掘り起こしたリゲルを手本に、文字通り手探りで集めなくてはならなかった。

ちなみに最初に音を上げたのは、私ではなくベイズだった。

飽きちゃったらしい。

なんで森の王たる自分が、イモ掘りなんぞしないとならんのか、という趣旨のことをほざいていた。

イモじゃないよ？

ビートだよ。

ともあれ、魔狼の爪はスコップなんかよりずっとたくさん土を掘れるんだから、彼のサボタージュは痛い。

一計を案じたのがティアマトである。

収穫したリゲルの根をベイズに食わせたのだ。

糖の含有率が一パーセントくらいとはいえ、ちゃんと甘みを感じる。

これを集めて甘いものを作るのだと再認識したベイズは、がぜん張り切って作業に戻ってくれた。

ていうか魔狼って雑食だったらしい。

2

「気づいておるかや？　ベイズ」

「むろん」

ティアマトとベイズが話している。

二日目である。だいぶコツを摑んだ作業員たちの作業効率は上がり、順調に収穫量は増加中だ。

一応の目標は千キロ。一トンである。

四両の馬車を満杯にする量ではないが、さすがに帰りの水や食料を捨ててまで積み込むわけにはいかない。

このペースなら、一両日中には目標量に達するだろう。

作業員たちの気合いも充分だし。

充分な報酬、充分な食事、充分な休息。

これでやる気が出ないような人間ならば、そもそもガリシュ氏が紹介したりしないし、ミエロン氏も金を出さない。

そして作業員たちが頑張ってくれているため、私たちの出番は減った。

ティアマトは農作業に向いた身体の構造をしていないし、私などが手を出したら邪魔なだけである。

ベイズは穴掘りも得意だし体力もあるのだが、大雑把すぎるとのことで、ぽいっと戦力外通告をされてしまった。

役に立たない一人と二頭だ。

ともあれ仕事もせず、ただぼーっとしているのもアレなので、私たちは歩哨（ほしょう）に立っている。

襲撃の危険がある、というわけでもないのだが、まったく無警戒というわけにもいかないのだ。

しっかりと守ってもらっていると思えばこそ、作業員たちも安心して作業できる、という側面もある。

その歩哨中に、ティアマトとベイズが小声で言葉を交わした。

「何がむろんでしょうか？　ベイズさん」

当然のように私は気づかない。

気配を読む、とかいう特殊技能は、どうやったら身に付くのだろう。

「昨日から、こちらの様子をうかがっている者がいる」

さらりと教えてくれる。

思わずきょろきょろする私だったが、目に映るのはどこまでも連なる緑の波濤（はとう）だけ。

背の低い木なども多いため、身を隠す場所ならいくらでもあるだろう。

草だってけっこう背が高い。

気配を消されたら、かなり接近されるまで気づかないのではないか。

ティアマトやベイズ、サイファチームはともかくとして、作業員たちはかなり危険な状況だといっていい。

「みんなに警告した方が……」

「無用じゃろう。敵意は感じぬよ。注がれる視線は興味津々な感じじゃ」

「なるほど……」

人間どもが竜や魔狼と一緒になにやってるんだ？　というところか。

じつによく判る。

端(はた)から見て、明らかにおかしな団体だもの。

興味は尽きないが、声をかけたいとは正直思わない類のヤツだ。

うん。自分で言っていて哀しくなってきた。

なにしろ私が、この変な集団のリーダーである。

誰か代わってくれないかな。

「じゃが、ただじーっと見つめられても照れてしまうのう。どうせならかてていてやろうぞ」

「なんで北海道弁で言ったの？　ティア」

かてて、というのは仲間に入れてやる、というほどの意味だ。

おそらく、加えてというのが縮まったのだろう。

「もともとは東北、津軽あたりの言葉じゃ。北海道の言葉はあちこちの方言が混じって生まれたからの」

「その情報、べつにいらないよね？」

「ウィットに富んだ会話というやつじゃな。というわけで、こちらにこぬか？　一緒に飯でも食おうぞ」

なーんにもない方向にティアマトが呼びかける。

やがて、背の高い草の上に、ぴょこんと顔が出た。

「おおう!?」

驚いた。

猫である。

いや、もうちょっと精悍な感じかな。

体長は目算で二メートル弱くらい。

耳が大きく、全体的にグレーがかった毛並みだ。

でっかいロシアンブルーを想像してもらえば目安となるでしょう。

「ほほう。妖精猫（ケットシー）だな。草原に現れるとは珍しい」

ベイズが解説してくれた。

魔獣の一種だが、人間を襲うことは滅多になく、だいたいは勝手気ままに暮らしているという。

特徴としては、好奇心旺盛で悪戯（いたずら）好き。

知能も身体能力も高いが、さほど好戦的というわけでもない。

「ふむふむ」

説明に頷く私の視界から、ふっとケットシーの姿が消える。

次の瞬間、それはティアマトの前にいた。

すごい跳躍力である。

軽く二十メートルは離れていたのに。

「お招きに与り光栄の至り。竜の姫よ」

しっぶいバリトンボイスで言って、ぺこりと頭を下げる。

すげー気品がある。

「森の王、ならびに人の仔にも、お初にお目にかかります」

長い尻尾がゆーらゆーらと揺れている。

優雅だ。

ベイズには王者の迫力のようなものがあるし、ティアマトはコケティッシュに見えてどことなく威厳がある。

対して、このケットシーは、貴族のような雰囲気だった。

「小生はヒエロニュムスと申す愚物にて。以後、お見知りおきを」

名乗り。

ああ、そりゃ優雅なわけだ。

かの有名なほら吹き男爵(バロン)と同じ名前なのだから。


こうして、私ことエイジのチームは四名になった。

サイファチームと同数である。

男性三名と女性一名で、男女比も一緒だ。

決定的な違いとしては私のチームには人間が私しかいないという点だろう。

……くやしくなんかないんだからね?

「いやいやエイジさま。戦力が比べものにならないじゃないですか。俺ら四人が束になっても、ヒエロニュムスさんにすら勝てるか判らないですよ」

サイファが慰めてくれる。

戦闘力の比較としては、ヒエロニュムスが十頭くらいで、なんとかベイズと互角くらい。ベイズが十頭くらいでティアマトに勝ち目があるかないか、という感じらしい。

それを率いる私というのは、それだけですごいという。

そうかなぁ?

国民的コンピュータロールプレイングゲームの第五弾みたいな雰囲気じゃないかな。

いや、あの主人公はけっこう強いか。

どう考えても私じゃない。

となると、

「私は花の子です？」

「名前はエイジじゃな。いつかはあなたの住む街には行かぬと思うがの」

横から口を挟んだティアマトが、私の世迷い言を続けてくれる。

ありがとう。

「そも、汝の年で知っているというのは、おかしいがの」

「ネットは偉大なんだよ」

ともあれ、人外ばっかりのパーティーになってしまった。

戦闘力はサイファが言うように申し分ないだろうが、それゆえにこそ起きる問題もあるだろう。

私自身はただの人間にすぎない。

しかし、神仙という、謎の称号を持っている。

神仙、ドラゴン、フェンリル、ケットシー。

嫌でも目立つ。

まして、人を救うために動くともなれば、神格化、偶像化という事態にもなりかねない。

「また考えすぎの虫が騒ぎ始めたようじゃな。汝の姿を見て、誰が神の化身などと思うものか」

かかかとティアマトが笑った。

正直な感想ありがとうございます。

かなりの線で私も同意見だ。こんな木っ端役人がカミサマに見えるとしたら、眼科か心療内科の受診をおすすめする。

「けど、私が言いたいのはそこじゃないんだよ？」

今は良いのだ。

私がリシュアの街に居住し、情けない姿を晒しているうちは良い。

問題は、私が去った後の話である。

勇者がもたらした米食によって病気が蔓延した。そして私がもたらした仙豆（ハミットビーンズ）やギャグド肉によって救われた。

甜菜糖によって生活の質（QOL）が向上した。

では、この地の人々は何をした？

ただ正解を与えられ、豊かさを享受する。

それは人々から、思考力と発想力、チャレンジ精神を奪う行為に他ならないのではないか。

危機が訪れるたびに、勇者なり神仙なりが現れて救ってくれる。

それがあたりまえなのだと思うようになってしまったら、それこそ誰も救われない。

「だから、それを考えすぎだと言っておるのじゃ」

呆れたように言ったティアマトが、私の頭に噛（か）み付（つ）いた。

がぶっちょ、と。

「なななななにをするんだよっ⁉」

甘噛（あまが）みみたいなもので、たいして痛くはない。

ひたすら驚いただけだ。

「少しばかり頭をかじりとってやれば、難しくばかり考える悪い脳が少しは減るかと思っての」

「やめてください死んでしまいます」

私の知っている人間というイキモノは、頭を減らされたら死んでしまうんです。

考える葦(あし)ですから。

3

「先のことなど考えたところで無意味じゃよ。汝はスーパーヒーローなどではないからの」

すべてを救うことなどできない。

せいぜいが目に見える範囲のことをなんとかしようと努力するだけ。

それだって完璧からはほど遠い。

救える人がいる、力及ばず救えない人もいる。

命の選択(トリアージ)だ。

災害救助などをおこなうレスキュー隊にも求められる考え。

助からない人にいつまでも手をかけるわけにはいかない。それよりも、助けられる人を助けなくてはならない。

冷たいというより、彼らはギャンブラーではないからだ。助かる確率が高い方から確実に助けてゆく。

「そういうものじゃよ。割り切れとまでは言わぬがの」

「ティア……」

「汝は汝のできることをする。できないことまでせよとは、監察官も現地神も言わぬじゃろ」

「ティア……」

「それでもなお重いと感じるならば、そのときは我に言うが良い。ひと思いにその頭を噛み砕いてやろう。さすれば汝の役割は終わりじゃ」

ぐっと顎に力を入れる。

「痛い痛い！　牙刺さってるっ！　牙！」

ぜんぜんひと思いじゃなかった。

むしろ拷問のように、じわりじわりとなぶり殺しにするつもり満々じゃないですかやだー。

「ありがとう。ティア」

「んむ。相棒じゃからの」

頭から口を離してくれるドラゴンであった。


ところで、ヒエロニュムスが加わったことにより、作業効率がいっそうあがっている。

妖精猫というのは、非常に魔術に長けた種族で、彼もまた様々な魔法を使うことができた。

そしてその魔法のひとつ、標的(ロックユー)とやらが大変に役に立った。

ヒエロニュムスの身体から飛び散った無数の光点が、甜菜の在処(ありか)を示してくれるのだ。

作業員たちはそこに走っていって掘り起こすだけ。

探す、という手間がまったくなくなった。

「ターゲッティングの応用なんだろうけど、こんなにたくさんロック(マルチロック)して意味があるのかしら？」

とは、チーム唯一の魔法使い、メイリー嬢の弁である。

「意味があるかないか、それはまさに意味のない議論でしょう。お嬢さん(フロイライン)」

優雅に尻尾を揺らす妖精猫。

「小生が必要と思い、魔法がそれに応えた。それだけのこと(シンプルリーズン)」

「今作った魔法ってこと？」

「さて。魔法とは作るものですかな？　あるものをただあるように、心の赴くままに歌とする。そのようなものではないですかな？　賢(さと)き娘さん(フロイライン)」

判ったような判らないような言葉だ。

もちろん私には魔法の知識などないし、彼の言っていることが正しいのかどうなのか判断は付かない。

ただ、メイリー嬢は感心したように目を輝かせているし、ティアマトもなんか頷いてるので、きっと正しいのだろう。

あるいは、カール・フリードリヒ・ヒエロニュムス・フォン・ミュンヒハウゼン男爵よろしく、巧みな話術と柔らかな物腰で煙に巻いているだけかもしれないが。

なにしろ、この妖精猫の紳士と同名の男は、ほら吹き男爵として有名である。

「いやいや。おおむね間違っておらぬよ。風が吹くこと、潮が満ちること、月が欠けること、それらにはすべて意味があるし、まったく意味がないとも言えるじゃろ？　魔法というのも同じことじゃて」

ティアマトの解説だ。

すみません。

かえって理解不能です。

「ティア。もうちょっと判りやすく」

「これ以上判りやすくはならぬし、汝には魔法の素養がないゆえ、説明しても無意味じゃ」

「ひどい！　私だって頑張れば魔法が使えるかもしれないじゃないか」

「エイジ個人が、というより、地球の現代人には無理なのじゃよ」

ふうと息を吐くドラゴン。

魔法、超能力、異能、どういっても良いが、それらを扱うためには適性というか、そのようなものが使える肉体的な構造が必要らしい。

「もともと人間は魔力も小さいし、扱いそのものにも長けておらぬ」

だからこそ、この世界でも魔法使いは数多くはない。

誰でも彼でもできるということではないのだ。

その上、地球人はオカルトに頼ることをはるか昔に放棄している。

かつては神の声を聴き、予言や占いによって国政すらも運営されたが、そんな時代は過ぎ去って久しい。

現代の地球は、完全に科学主義の立証主義だ。

同じ条件のもとで誰が実験しても、いつ実験しても、何度実験しても、どこで実験しても、同一の結果が出なくては法則としては認められない。

透視能力者や占い師が、たとえば殺人事件の犯人を言い当てたとしても、証拠を示すことができなければ、逮捕も立件もできない。

「それを、馬鹿げたことだと思うかや？」

「思わないよ。逆よりはずっとましさ」

捜査員の直感(けいかん)とやらで犯人逮捕とか、ありえないだろう。

どんだけ冤罪(えんざい)を量産する気なんだって話だ。

そもそも、その捜査員が、私怨に基づいてこいつが犯人と言っているのではない、と、誰が保証してくれるのか。

「んむ。健全な考えじゃよ。ゆえにこそ、汝らは魔法を行使するに向かぬ」

「よくわからないな」

「魔法とは歪みじゃ。歪みを解き明かせば、そこに不思議は存在しなくなる。そうやって地球から魔法は消えていったというわけじゃ」

非常にほんわかした説明である。

とりあえず、私を含めた地球人に魔法は使えない、という理解で良いのだろう。

「でも、勇者たちは使ったんじゃないのかい？」

「だから反則(チート)なんじゃろうよ」

「ごもっともで」

私は肩をすくめてみせた。

使えるはずのないものが使えれば、持っているはずのないものを持っていれば、それは反則というものだろう。

さて、あまり実りのない会話を繰り広げているうち、甜菜が着々と収穫されてゆく。

このままいけば、想定していたよりも早く予定量に達するだろう。

ヒエロニュムスさまさまだ。

「エイジ卿(きょう)のお役に立て、光栄の至り」

私の視線に気づいたのか、妖精猫が優雅に尻尾を揺らした。

卿ときた。

なんというか、こそばゆい。

様とかなら私も使うし、そんなに違和感はないのだが、やはり小説で読むのと実際に呼ばれるのでは大違いだ。

「いやいや。むしろ私の方がお礼を言いたいくらいですよ。ヒエロニュムス卿」

真似（まね）して使ってみた。

ちょー恥ずかしい。

人間、三十も過ぎると格好いい言葉遣いというのは、かなりくるものがある。

「頬を染めて名を呼ぶおっさんの図。薄い本が出そうな展開じゃな」

「どこにそんな需要があるんだよ？」

でっかいロシアンブルーと三十男の絡みとか、少なくとも私はまったく見たくないぞ。

むしろ、ティアマトにはそんな知識までインストールされているのか。

無駄知識といっても無駄すぎるでしょう。監察官卿。

「この分なら、今日中に作業が終わりそうじゃの。終わり次第、街に戻るのかや？」

進捗状況を確認しながらティアマトが問う。

出発のタイミングはけっこう重要な問題だったりする。

薄い本談義の片手間にするようなものではないほどに。

収穫地からリシュアの街までは馬車で四日である。

つまり最低三回の夜営を挟まなくてはいけない。

で、この回数というのは、少なければ少ないほど良い。

現在はベースキャンプを張っているから、全員がきちんと休息を取ることができるが、移動中ともなれば食事も休息もかなり手を抜いたものになるし、なにより周辺の警戒のために人手が割かれる。

往路と違って、復路は荷物があるからだ。

甜菜の価値は現在のところ私たちしか知らないとはいえ、どこから情報がもれるか判らないのだ。

野菜を運んでいるだけに見えて、じつはすごい価値のあるものを輸送している。

そう勘ぐる人間がいても、べつにおかしくも何ともない。

まして大商人のミエロン氏や、冒険者ギルドの支部長たるガリシュ氏が絡んだ仕事で、A級冒険者が護衛についていている。

ただの野菜掘りだと思う人の方が、たぶんおめでたいだろう。

「明日の朝一番に出発しよう。食料とかは、五日分を残して、今夜全部放出するよ」

宣言した。

4

帰りの行程は四日なのに五日分の食料を残したのは、ようするに保険である。

「やすい保険じゃのう。一日分くらい予備があったところで、何か事があったときはどうにもなるまいに」

「安心感が違うんだよ」

ティアマトのもっともな指摘に、私は苦笑を浮かべた。

予備をどのくらい用意するのかという議論になれば、じつは充分な量というのは存在しない。もともと、使わないことが前提の物資である。

予定通りに行動ができれば。

したがって、四日の行程に十日分とか、まったく意味がないのだ。

ティアマトは何か事があったらと言ったが、何事もないように、事故の起きないように計画を立てるのが立案者の仕事であって、何かあったときの備えというのは、その範疇（はんちゅう）には入らない。

最初から、不測の事態が起きることを前提としなくてはいけないのなら、計画そのものにどこか不備がある。

たとえたどり着けないと判っていても、行かなくてはいけないときがある、というのは、残念ながら計画とは呼ばない。

覚悟の表明とか、衝動の論理化と称すべきだろう。

計画とは、誤差（バグ）のないように立てなくては意味がない。

「エイジさまって、慎重なのか大胆なのか、よく判らないですね」

歩み寄ってきたサイファが笑う。

「じゃのう。変なところで割り切ると言い換えてもいいのう」

ドラゴンが同調した。

「そうかな？　備えの備えとか、考えたって意味がないってだけの話なんだけどね」

「なのに五日分は残すのじゃな」

「言っただろ。安心を買うんだって」

ぴったりの量では、常に「もし足りなかったら」という不安に晒されることになる。

残量が減っていくにつれ、不安は増大してゆくだろう。

足りると判っていても、人間の心理というのはそのようなものだ。

しかし、一日くらいなら遅れても大丈夫、という保険があれば、この不安はぐっと減る。

「でも、二日遅れちゃったらアウトなのでは？」

「そうだね。サイファくん。だけど二日、つまり四十八時間も遅れる可能性があるような計画(プラン)は、計画立案そのものに問題があるってことなんだよ」

「なるほど……」

頷くが、あまり納得はできていないようだ。

これればかりは仕方がない。

事務職と現場の違いのようなものだろうから。

「ともあれ、今宵(こよい)は宴会ですな。エイジ卿」

ヒエロニュムスも近づいてきた。

なんかメイリー嬢を侍(はべ)らせて。

なんでそんなに仲良くなってんの？

ずるくない？

「いかがなさいました？」

「べつにー？　うらやましくなんかないもんー」

「これはしたり。麗しの竜姫（ドラゴンプリンセス）と行動をともになさる御仁の言葉とも思えませんな」

冗談と解釈したように、妖精猫が笑う。

いや、もちろん冗談ではあるのだが。

「ティアが褒められまくってるね」

「んむ。我は美しいでの。仕方のないことじゃろうて」

そっすか。

私には、その美的感覚は、今ひとつ理解できませんよ。

ティアマトなんて、緑っぽくて羽のあるジークじゃん。

「念のため言っておくと、あのものはかなりの美形じゃぞ？　汝らには判らぬかもしれんがの」

ほんとに判らないよ。

幼女化したやつなら見たことあるけどねっ。

むっちゃ可愛かったけどねっ。

「人間は人間以外に、異性としての美を見出すことは難しいからのぅ」

「ティアたちはそうじゃないのかい？」

「基本的には同じじゃよ。じゃが、種族によっては人間を性欲の対象として見なすものもおる」

ファンタジー作品に登場する、オークなどだ。

これ以外にも、魔族と人間の混血（デモンハーフ）や、エルフと人間の混血（ハーフエルフ）は、数多く登場する。

エピックファンタジーの草分けとして知られ、多くの異世界ファンタジー作品に影響を与えた『ドラゴンランス戦記』。あれの主人公もハーフエルフだったはず。

「タニスは、むしろ人間の男がエルフの女王を暴行して産ませた子供じゃがの」

「知っているのかっ！　ティアっ！」

初版は一九八四年である。

たぶん今のファンタジーを愛する人々は知らないだろう。私だって、生まれたか生まれてないか、という世代だ。

だが、と私は思う。

古典を知らず、古くさいと笑い飛ばして、では何を未来へと引き継いでゆくのか、と。

先人たちの功績というのは、そんなに軽いものじゃない。

「シリーズは全巻読破したからの。我もスタームの死に涙した口じゃ」

「おおう……」

なんだろう。

彼女とは美味しい酒が飲める。

そんな気がする。

「今宵は語り明かそうかの。エイジや」

「もちろんだよ。ティア」

「いいえ。早朝に出発なんで早く寝てください」

呆れたように言うサイファに、私とティアマトが、ぺこぺこと頭を下げるのだった。


「出発します」

先頭の馬車。

御者台の隣に座った私が号令する。

燦々（さんさん）と朝の日差しが降り注ぐ。

四両の馬車の荷台には、甜菜（ビート）の根が満載されている。

総量はざっと一トンだ。

リゲルに含まれる糖分が一パーセントだとすると、ここから十キロの砂糖がとれる計算になる。

「ただ、もう少し含有率は高そうじゃがの。土壌に恵まれたのと、気候にも恵まれたのが大きいのじゃろうな」

頼もしいいなきを発し、馬たちが歩みを始める。

「そうなのかい？　むしろ判るの？」

横に並んだティアマトの言葉に、疑問を返す。

「ふたつみっつ、そのまま食ってみたのじゃ。一パーセントという甘さではなかったのじゃよ」

そのままで……。

思い出してみれば、ベイズもそのまま食べてた。

ワイルドな人たちである。

人間じゃないけど。

「四から五。うまくすると、六パーセントくらい含まれているやもしれんの」

「えっらい細かく判りますねっ!?」

びっくりである。

アンタの舌は糖度計か。

「どこぞの食通（グルマン）もびっくりじゃろう?」

「うん。全私（ぜんわたし）が驚いたよ」

「とはいえ、数値そのものに確度はない。このくらいかのぅ、という感覚じゃ」

「それでもすごいよ」

なにしろ私の舌は、ビールと発泡酒の違いすら判別できない。

あと、すげー高級な日本酒の、『久保田』とか飲んでもべつに感動とかしなかった。

なんか水みたいなお酒だなぁ、と思った程度である。

全国の日本酒ファンの皆様、ごめんなさい。

「ともあれ、四パーセントだとしてもすごいね」

「じゃな。十キロから四十キロに跳ね上がる。思案のしどころじゃぞ。エイジや」

「うん」

やや口調を変えた相棒に、私が頷いてみせた。

この地のリゲルから、それだけの砂糖が作れるとしたら、たぶん採算ベースに乗る。

つまり、利権が生まれてしまうということだ。

原料や製法はミエロン氏ひとりの胸の内に、というわけにはいかなくなるだろう。

広め方を間違えれば、ことは容易に血を見る事態に発展する。

たかが砂糖で、とは、現代日本に生きているから言えることである。

平和な国に暮らしている私たちには想像しにくいが、地球世界だって、たとえばアメリカではたった数ドルを奪うために殺人を犯す少年もいる。

そして砂糖の価値は、数ドルなんてレベルじゃない。

「……王様に会うしかないかな」

「公定価格かや？」

「ご明察」

ティアマトが言ったのは経済統制の一種である。

自由主義経済、市場主義経済を謳う日本でも、いくつかのものにはこれが設定されている。

たとえば、幼稚園の学費とかだ。

最低価格も最高価格も決められているため、業者はその中で値段を設定しなくてはいけない。

もちろん暴利をむさぼったりするのを防ぐためである。

砂糖に関しても、そのような処置が必要になるかもしれない。

「しかし、不安は残るの。この国の王とは、米を持ち込んだ勇者の末裔じゃからの」

「だね。気が重いよ」

「もっとも、すべては砂糖の精製に成功してからの話じゃがな」

「そうだった。上手くいくとは限らないんだよね」

ふたりして苦笑を浮かべる。

現時点で砂糖の影響力の話をするのは、最大限好意的に評価しても捕らぬ狸(たぬき)の皮算用というものだろう。

5

道中の襲撃はなかった。

が、ずっと監視はされていたらしい。

もちろん私に、そんなものを看破(かんぱ)する能力などない。

ティアマトやベイズが気づき、ヒエロニュムスと交代で寝ずの番を引き受けてくれたため、襲いかかるタイミングが摑めなかったというところだろう。

ちなみに、夜番の組み合わせは、ティアマトとサイファ。ベイズと弓士(アーチャー)のゴルン。ヒエロニュムスとメイリー、というコンビである。

なんか、妖精猫ばっかり良いポジションな気がする。

年相応に見える数少ない女性だ。

あとはミレア嬢くらいしか、私の知己に独身女性はいない。

メイリー嬢は十六歳、ミレア嬢は十五歳なので、残念ながら私の守備範囲には入っていないが。

分別（ふんべつ）のある大人ですので、さすがに高校生くらいの年代の少女に欲情したりしませんよ。攻略対象とするのは、自分の年齢プラスマイナス五歳くらいまでですって。

ただ、こちらの世界のその年代は、はっきりとおばちゃんである。見た目的に。

世知辛（せちがら）い世の中だ。

ところで、サイファチームのもうひとり、斥候（レンジャー）のユーリは夜営の準備や後かたづけ、その他様々な雑事があるため、夜番には参加しない。

あ、私もね。

だって参加したって意味がないもんっ！

作業員たちやミエロン商会の番頭さんと一緒に雑魚寝（ざこね）である。

役立たずでさーせん。

ともあれ、問題なくリシュアの街に帰還した私たちは、出迎えたミエロン氏とガリシュ氏から、熱烈な歓迎を受けた。

どうして帰ってくるタイミングが判ったかといえば、ユーリが先触れをもって走ってくれたからである。

まさに斥候（せっこう）の役割だ。

「お帰りなさいませ。エイジさま。こちらは準備万端ととのっております」

ミエロン氏の言葉だ。

え。

休ませてとかくれないの？

このまま砂糖作りに移行する流れですか？

「戻りました。準備していたんですか？」

「そりゃもう」

にこにこ笑ってるし。

これ、私がリゲルを収穫してこられなかったらどうするつもりだったんだろう。

むしろ、砂糖が精製できなかったら血を見るんじゃないか？

怖すぎる。

「過剰な期待はしないでくださいね。私たちの精製技術を完全に再現することは不可能ですから」

これは事実だ。

濾過器もなければ、遠心分離器もない。冷蔵庫だってないのである。

となれば、もっとも原始的な方法で作るしかない。

私の知識だけではかなり曖昧なため、ティアマトのサポートが必須だ。

といっても、方法としてはさほど難しくはないのだが。

収穫してきた甜菜の根を洗い、きれいにする。

皮を剝いて、さいの目に切り、沸騰していない程度のお湯につけておく。

こうして、ビートからお湯に糖分を溶け出させるわけだ。

かなりの水と、火を焚くための薪が必要になる。

これに関しては、収穫に出発する前にミエロン氏に確認している。

リシュアの街というのは水が豊富で、薪にも不自由はないとのことだった。

まあ、公衆浴場があんなにあるくらいだし、水の豊富さは疑ってもいなかったが。

古来、街が発展するのには水が不可欠である。

だからこそ、大きな川の近くに文明が生まれていった。

薪に関しても、米食をしているから、相当の消費量である。

その結果が、草原が突然終わって森林になるという情景に、如実にあらわれているだろう。

人間が、どんどん木を切り倒していった結果だ。

蚕食するように。

植樹という概念もないし、これは将来的に大問題になるだろう。

というより、勇者がもたらした文化を遠因とする歪みは、脚気だけにとどまらないのである。

たぶん数え上げたらきりがないほどに。

今の私には、森林保護まで手を伸ばす余裕はない。

まずはアズール王国の人々を脚気から救わなくてはいけないから。

これが最優先課題だ。

情けない話だが、本当にこれで精一杯なのである。

ビタミンB1を摂らせるために、枝豆を食べさせるために、砂糖を作ろうっていうんだから、遠回りも良いところだろう。

玄米を食べてくれれば、半分くらいは解決するのに。

話を戻そう。

お湯につけたビートからは、だいたい一時間か二時間もすると、糖分が溶け出す。

そうしたら、ビート本体はお湯から出してしまい、残った汁を煮詰めてゆく。

灰汁(あく)を取りながら、ことことことこと。

で、煮詰まってとろみが出て、固まってきたら、何か適当な器に入れて水分を自然に蒸発させる。

乾いたら、甜菜糖のできあがりだ。

上白糖なんてものじゃない。

色は茶色いし、ちょっとクセもある。

それでも、この世界では稀少(きしょう)な甘味だし、料理にも利用できる。

つまりレパートリーがぐっと増えるはずだ。

料理の「さしすせそ」ってやつである。

前のふたつ、砂糖と塩が揃うことになるのだから。

酢、醤油(しょうゆ)、みそに関しては、申し訳ない。私では作り方が判らない。

ティアマトに製法を聞くことはできるし、大豆はあるのだから作ること自体は不可能ではないと思うのだが、たぶん相当な手間と時間がかかるだろう。

その時間を、私には捻出することができないのだ。

季節は初夏。

夏になれば、脚気の患者は爆発的に増えてゆく。

汗をかくから。

そうなる前に、ある程度までギャグド肉と枝豆を住民に浸透させておきたい。

「町医者たちに仙豆を紹介しておきました。試しに患者に食わせたところ、症状が改善に向かったと喜んでおりましたぞ」

砂糖の精製作業を見つめながら無作為な思考に身を委ねていた私に、ミエロン氏が語りかけた。

曖昧な笑みを返す。

枝豆を治療薬とするには、一日あたりの必要摂取量が多すぎる。

毎日六百グラムは、さすがにちょっと食べられないだろう。

「煎じて飲ませるとか、色々研究を始めているようですよ」

「ほほう。それはそれは」

これだ。

これが人間の底力である。

私は大きく頷いた。

この世界の人々は、ちゃんと自分を救う努力をしている。

「実を結ぶと良いですねぇ」

「まったくです」

ミエロン氏の顔にも屈託がない。

約束してくれた通り、枝豆に関してはある程度までは利益度外視で臨んでくれているのだろう。

もちろんそれは、損をするということではない。

捨て値みたいな値段で卸しても、巡り巡ってちゃんと利益になるような計算を立てている。

なにしろ流通させる量が半端でないし、仙豆（ハミットビーンズ）というネームバリューもある。

まして、その仙豆を使った甘味が売り出されれば、利益は莫大（ばくだい）なものとなるだろう。

人を救い、感謝され、富も得る。

見事な算術だ。

大商人の大商人たる所以（ゆえん）だろう。

私としても、商売人にボランティアで動けと言うつもりはない。

「甘い匂いがしてまいりましたな」

ミエロン氏が頬を弛（ゆる）める。

雑談に興じている間に、砂糖づくりも佳境に入ってきたようだ。

「んむ。思ったよりとれたようじゃな」

試作された甜菜糖を眺めやり、ティアマトが頷いた。

使われたビートは約十キロ。できあがった甜菜糖は五百グラム以上はある。

上々の結果だ。

ちなみに、糖分を放出したビートの絞りかすは、家畜の飼料とされる。

人間が食べても美味しいものではまったくないが、ごくわずかに糖分は残留しているので、家畜は喜んで食べるらしい。

「じゃあ、さっそく試食してみましょうか」

固まった茶色い甜菜糖を軽く叩き、一口サイズにする。

上白糖のようにさらさらしたものではなく、少しもったりした感じだ。

完全に水分が抜けきっていないのだろう。

機械的な乾燥方法がないため、これは仕方がない。

口に入れてみる。

けっこうコクがあり、独特の風味があった。

優しい味というか、自然な感じというか。

しかし、

「そんなに甘くない……失敗したのか……？」

砂糖を直接口に入れたような、圧倒的な甘さはない。

比較すれば、半分よりちょっと上くらいだろうか。

「……何言ってるんですか。エイジさま」

私の横に立ったサイファが、何かをこらえるように言葉を紡いだ。

「美味いっすよ。ほんとに美味い。これがあの病気の薬になるんですよね」

「うん。より正確には、これを使った豆の料理が、だけどね」

「そっか……母ちゃんに食わせてやりたかったな……」

剣士の頰を一筋の涙が伝った。

6

サイファの母親は、すでに亡くなったのだという。

よく働く女性で、よく家族を愛おしみ、よく笑い、よく食べる。

やはり好物はご飯だった。

そしてご多分に漏れず脚気になった。

かかる条件を備えている。

そして、サイファは金銭面で家族を支えるために冒険者となった。

二年も前の出来事だ。

私には、すでに亡くなってしまった人を生き返らせる手だてなどない。

「サイファくん……」

まさに力及ばずだ。

なんと無力なのだろう。

あるいは、何年か前に飛ばしてもらっていたなら、この悲劇は避けられたのだろうか。

「でも、エイジさまが仇(かたき)を取ってくれるんですよね。仙豆とギャグドの肉で」

そう言って笑ったサイファの目には、もう涙はない。

心の季節を進めている。

強いな、と、私は思った。

十七歳の少年がわずか二年で肉親の死からも立ち直り、未来へと歩き出している。

その強さこそ哀しいと思ってしまうのは、おそらくは私の増長だろう。

「ここは日本ではないからの」

やや抑えたトーンでティアマトが言った。

「命はずっと軽い。たくさん生まれてたくさん死ぬ。生きるのに一生懸命なのじゃな。死したものにまでかまってておられぬ」

そういう場所は、まだ地球にも残っている。

私の故郷が、群を抜いて平和で豊かだというだけの話だ。

そして平和で豊かな国からやってきた勇者様は、おそらく彼らの暮らしぶりに同情したのだろう。

だから食事や風呂など、楽しみとなるようなものを伝えた。

「悪意は、おそらくなかったじゃろうよ。欲はあったじゃろうがな」

褒められたい、評価されたい、モテたい。

そのような欲望はあっただろうが、この地の人々を可哀想だと思ったのではないか。

生きるのが大変な場所をなんとかしたいと考えたのだろう。

「まぎれもなく善意だよ。法律的な意味でね」

法律用語としての善意は、ある事実を知らなかった、という意味である。

道徳的な善悪を示すような言葉ではない。

勇者は白米の普及と副食の不足によって引き起こされた脚気の大流行を知らなかった。ただ美味いものを食べてもらいたかっただけだ。

ゆえに、彼に法的な責任は存在しない。

私もそれを追及するつもりなど、さらさらない。

「エイジは我よりどぎついのう」

ティアマトが苦笑する。

私たちが会話する間にも、甜菜糖が試食されてゆく。

ひょいぱくひょいぱくと。

ていうか、第二陣を作り始めてるし。

今日は試食のみじゃなかったのか？

なんで増産体制に入ろうとしてるの？

「それ以前の問題として、第一陣がそろそろなくなってしまうのう。これでは肝心のずんだの試作ができぬじゃろうて」

「まったくだよ。みんなを止めないと」

そう言って、試食終了のお報せを出そうとした私は、一歩も動けなかった。

みんなに睨まれたから！

怖いよ！

温厚なミエロン氏や、礼儀正しいガリシュ氏まで、試食をやめさせようとした私を睨んでいる。

そんなに美味しかったかな？

甘みは少ないし、ちょっとクセもあるし、出来としてはそんなに良いものではなかったと思うんだけど。

予定よりも量が作れることで、まあ零点ではないだろうって程度だ。

なんで試食を中断させたら血を見るような雰囲気になっているのか。

びびって後退しちゃう私の前に、ティアマトが立った。

かばうように。

そして一言。

「おちつけ。そなたら」

ざわついていた会場が静まってゆく。

すごい。

さすがドラゴンボイスだ。


紆余曲折はあったが、ずんだの試作をおこなう運びとなった。

蒸した白米を、サイファとゴルンがせっせとつく。

臼とか杵（きね）とかはないので、適当な器に入れて適当な棒でつくのだ。けっこう重労働である。

やはりあんまり伸びない感じだ。

「これはこれで美味しそうだけどね」

おはぎとかに使うようなお餅である。個人的には嫌いじゃない。

「うる餅、という部類に入るの。ようするにうるち米を使った餅じゃ」

とは、ティアマトの解説である。

一方で、ミレアやメイリーら女性陣がずんだ餡（あん）を作成中だ。

作り方はいたって簡単。

薄皮を剝いた枝豆をすりつぶし、好みの量の砂糖を入れてかき回し、塩で味を調える。

これだけだ。

ただ、私たちの作った甜菜糖は褐色で、せっかくの枝豆の美しい緑色を悪くしてしまうかもしれない。

入れすぎに注意だ。

あと、先ほどの反応を見ると、この地の人々はやはり甘味に慣れていない。

へたに摂りすぎて違う病気になったら目も当てられないだろう。

ほんのりと甘い、というくらいが、たぶんベストである。

美しい色合いと優しい味、それが一応の完成を見たのは、試作六号あたりだった。

そこに至るまでは、ことごとく甘すぎ。

わざとやってんのか？　と、訊きたくなるほど砂糖入れすぎである。

百グラムの枝豆に対して砂糖五十グラムとか。まともに考えておかしいと思え。

お好みでといっても限度がある。

適量としては、もちろん好みもあるだろうが、枝豆が百グラムなら砂糖は五グラムくらいで良いことがわかった。

スティックシュガーでいうと一本分くらいだ。

ちなみに失敗作の方は、おもに女性陣およびベイズとヒエロニュムスが適切に処理した。

こうして完成したずんだ餅。

一口サイズにしたそれを、またまた試食する。

食ってばっかりである。

いい加減、甘いものは飽きてきた。

肉が食いたい。

「ふむ……」

食べてみると、枝豆と甜菜糖の相性は思った以上に良い。

うる餅にもばっちり合う。

これはいけるんじゃないか？

「どうです？　ミエロンさん。ミレアさん」

スポンサー父娘どのに訊ねてみる。

「すばらしい！　素晴らしいです!!　エイジさま!!」

泣きながら褒めてくれる。

声涙倶に下る、というやつだ。

晋書あたりが出典のはずである。意味としてはそのまんま、感情を抑えきれずに泣きながら語る、という感じだ。

大げさである。

「売り物になりますかね？」

そこが大事だ。

甘味に耐性のないっぽいリシュアの人々には、味としては間違いなく受け入れられるだろう。

それは、試食を見ていても明らかなのだが、価格設定が問題になる。

あまりに高すぎては庶民たちは手が出せないだろうし、逆に原価割れを起こしてしまっては商売として成立しない。

そのあたりが思案のしどころだろう。

「作るのにかかる手間の代金ということになりますな」

原材料費的には、ほとんど無料みたいなものである。

家畜のエサと雑草の根っこだもん。

ただ、収穫してきたり加工したりするのに時間と金がかかる。

この部分を価格に反映させなくてはいけない。

「きちんと算定しなくては判りませんが、ひとつあたりの価格は銀貨一枚ほどになりましょうか」

けっこう高い。

日本円で千円くらいだ。

一個千円のずんだ餅、たぶん日本では買う人がいないだろう。

とはいえ、機械化もされておらず、すべてが手作業なのだから、どうしても人件費が跳ね上がってしまうのはたしかな事実である。

「それの中にミエロンさんの取り分って入ってます？」

「入れれば、銀一の銅一というところですかな」

「それは安すぎですよ」

せめて利益は三割くらいは取ってもらわないと困る。ミエロン商会が破産したら、私も困るし、ひいてはリシュアの人々も困ってしまうのだ。

結局、暫定的な価格は、銀貨一枚と銅貨三枚ということになった。

保存期間とかは、この際は考えても仕方がない。

店頭での飲食のみとし、持ち帰り(テイクアウト)は無し。

保存料も何もないため、日持ちなんかまったくしないから。

作ったその場で食べてもらわないと、すぐに悪くなってしまう。

まして夏になったらなおさらだ。

甜菜糖の方は、水分が完全に抜けてしまえばだいぶ保つだろうが。

「そうなんですか」

「うん。そうなんだ。サイファくん。だからそのポケットに入れた砂糖を出しなさい」

「いやあ……弟たちに食わせてやろうかと……」

「せめて何かに包んで持って帰ろうね。直(じか)にポケットに入れるとか」

どんな衛生観念だって話である。

7

日に日に気温が上がり、盛夏へと近づいてゆく。

仙豆(ハミットビーンズ)こと枝豆の売れ行きもうなぎ登りに上昇中だ。

もちろん、ずんだ餅も。

連日、売り切れ御礼(おんれい)だ。

家畜のエサに回す分がなくなってしまうのでは、と心配になるほどである。

ちなみにこの問題は、砂糖を絞った後の甜菜を与えることである程度は解決をみた。

群生地には調査隊と収穫隊が送られ、街近くでも栽培できないか、大規模な実験も始まった。

苦戦中なのはギャグド肉である。

需要は高いのだが、供給が追いつかない。

私たちがそれをもたらしてから半月ほど。狩ることのできたギャグドはわずかに四頭だけである。

狩りの結果としては上々らしいが、これでは数万を数えるリシュアの民には、とても行き渡らない。

まして、季節は保存に向かないものになってきている。

北海道と似たような気候といっても、あたりまえのように夏は暑いのだ。

「冷蔵庫を作るしかないのかな……」

「最も原始的なタイプでも、電気を使うヤツは今のアズールの技術力では不可能じゃな」

「だよねぇ」

すっかりミエロン家の住人となった私たちである。

事業そのものはもう手から離れたので、けっこう暇だったりする。

で、小人閑居(しょうじんかんきょ)して不善(ふぜん)を為す、の故事成語通り、冷蔵庫の開発談義なんぞをしていたという次第だ。

現在の冷蔵庫の原型になったものは、氷を利用して冷やした。

構造としては難しくない。

扉が二つあるタイプの箱の、上部には氷を入れ、下部には冷やしたいものを入れる。

冷たい空気は下にさがるから、入れたものが冷えるという寸法だ。

ただ、これをこの世界で再現するには足りないものがある。

断熱素材と氷だ。

前者がなくては中の氷があっという間に溶けてしまう。そして後者は、この季節にどうやって入手するのか、という話だろう。

万年雪のあるような山から運んでくるか、魔法使いに氷系の魔法でつくってもらうか。

どちらにしても現実性が薄すぎる。

そんな遠くからえっちらおっちら運んでいる間に氷は溶けちゃうし、人力(マンパワー)で氷を作るとか狂気の沙汰だ。あっという間に魔法使いたちが使い潰されてしまうだろう。

魔法でも超能力でも良いが、特定個人の能力に依存した社会などありえない。

もし仮に魔法使いたちの力で冷蔵庫が実現したとして、それが家庭に普及し、不可欠の存在となったとき、一斉に魔法使いたちが離反したらどうなるか。

食べ物の保存ができず、家庭生活が破綻してしまう。

それを防ぐためには、魔法使いたちが不満を持たないよう、常に高給優遇し続けなくてはいけないし、休みを取れるように数も揃えなくてはいけない。

特別扱いだ。

つまり、特権階級としての魔法使いである。

彼らがいなくては社会が維持できなくなってゆく。

「魔法王国の誕生じゃな」

かかか、とティアマトが笑う。

力での支配などという可愛らしい話ではない。

生活そのものを魔法使いたちに握られてしまった世界だ。

私の愛読していた小説にもそういうテーマのがあった。女子高生が魔法がすべての世界に転生するという筋である。

魔法の使えない人々は支配されるのではなく、保護され、守られる。

まるで人間が動物を保護するように。

面白かったなぁ。

「ともあれ、私としてはそういう未来は避けたいわけだよ」

「未来という名に値するかどうかもあやしいところじゃしな」

「冷蔵庫は無理かなぁ」

「手がないわけではないがの」

「拝聴しましょ……」

言いかけた私を遮って、私室の扉が開く。

飛び込んできたのは商会の従業員だ。

「エイジさま！　大変です‼　王宮から使者がっ‼」


そらきた、と、私は思った。

私たちの行動を、アズール王国が座視(ざし)するわけがない。

ここ半月のミエロン商会の売り上げを見るだけで、どれほど巨額の金銭が動いているか判る。

政府が注目しない理由はないし、それがアズール王国に蔓延する病から人々を救うとなれば、なおのことだ。

そしてそれは良い意味での注目ではない。残念ながら。

たとえば現代日本なら、人を救うのも善行を積むのもボランティアをするのも個人の自由だ。

しかし、中世的な社会というのは、そういうわけにはいかないのである。

国内で最も人気のある人物が国王でなくてはならない。

王様以外に人々を救う英雄が存在するなど、言語道断というべきだろう。

何度も言うが、ファンタジー作品で異世界から召還された高校生とかが華々しく活躍するのは、フィクションだからである。

危機に際して都合良く呼び出された人物だ。

当然のように都合良く使われるし、必要がなくなれば処分される。

身も蓋もない話ではあるが、それが現実というものだ。

「勇者様に荷物をすべて押しつけて、問題を全部解決してもらおうという横着者じゃからの。その後の処遇について、最も安直な手段をとるのはあたりまえじゃな」

とは、ティアマトの台詞である。

私もだいたい同意見だ。

「そして、勇者様がそれを回避しようとすれば、方法は二つしかないんだよね」

戦いが終わり、平和になったら、さよならと告げてどこかへと去ってしまう。

あるいは、与えられたチート能力とやらを使って、自らが最高権力を握ってしまう。

どちらかだ。

「アズールでは、後者だったようじゃの」

「まあね」

王宮からの使者に会うため、服装を整えながら私は苦笑した。

この国に伝わる伝承では、勇者は魔王を討伐した後、王の娘を娶り、義父となった王から王位を譲り受けたのだという。

どこまで本当か判ったものではない。

というのも、国でも軍でもいいが、力を持っているものが、そう簡単にそれを手放すわけがないからだ。

日本の歴史を振り返ったって明白である。

徳川慶喜が大政奉還をしたって、幕臣すべてが唯々諾々として従ったわけではない。

斎藤道三(さいとうどうさん)に国を譲ると言われた織田信長(おだのぶなが)も、道三の孫の竜興を倒して美濃(みの)を支配下に置くまで、十年の歳月を必要とした。

無血で譲られる国などない。

考えてみずとも当然のことだ。

勇者様だって、おそらくは邪魔者をことごとく殺して王位を奪ったのだろう。

それ自体は妙でも珍でもない。

王国の始まりなんて、簒奪(さんだつ)か侵略しかありえないのだから。

かの大英帝国だって、スタートは山賊とか海賊の首領だろうし。

案内された客間では、すでに使者が待っていた。

えっらそうに上座にふんぞり返った中年男である。

一目見た瞬間、私はこいつが嫌いになった。

上座はまあ、客人だからいいとしても、なんでミエロン氏とミレア嬢を床に座らせているのか。

しかし、どれほど嫌っても軽蔑しても、私はそれを顔に出さないという特技を持っている。

私に限らず、木っ端役人ならたいていは使える技だ。

なにしろ、役所にクレームをつける市民というのは、だいたいこんな態度だから。

自分は偉いと思っているのか、役人を下に見ているのか知らないが、こういう輩をまともに相手にしても時間の無駄である。

ひたすらセオリー通りに接する。

謙っては調子に乗るだけだし、かといって正論を振りかざせば役所は高圧的だとか言い始めるからだ。

「はじめまして。エイジと申します。私にご用と伺いましたが」

「ザリード子爵である」

尊大に使者が名乗る。

ほほう。

爵位を持つ貴族が使者に立つか。

まずは下っ端の役人で様子を見るとかはしないらしい。

余裕がないのか、あるいは他に理由があるのか。さてどちらだろう。

「して、ご用の向きは？」

正対するように私もソファに腰掛ける。

べつに勧められていないが、ザリード子爵とやらは咎めなかった。

「貴君らがあやしげな知識を用いて、国民を惑わしているとの噂がある」

わりとストレートな問いかけだ。

ふむ。

この人、偉そうに振る舞ってるけど、交渉に関してたいした権限は与えられてないかも。

「なるほど」

「神仙の知恵をあやしげと誹謗するとはのぅ。この国の王家は礼儀も知らぬのか？」

私は軽く頷いただけだが、後ろに立ったティアマトが不快げな声を出した。

ぴき、と、使者の頬が引きつる。

8

「わ、吾輩が疑っているわけではない。ひとえに役儀によるものである」

使者の声が、ちょっとヨーデルになりかかる。

あまりいじめては可哀想だ。

「まあまあティア。役人のつらいところなんだからさ」

「んむ。役目なれば仕方がないのう」

私がたしなめ、ティアマトが引き下がる。

茶番だ。

ひとりが難癖を付けて、もうひとりがまあまあと取りなす。

聞き込みをおこなう警察などが使う手らしい。

ザリード子爵とやらが、ティアマトに怯えるほど相対的に私は話しやすい人物と印象を与えることができる。

べつに役割はどちらでも良いのだが、私が難癖を付けても迫力がない。

木っ端役人の眼光より、そりゃあドラゴンの睨みの方が強烈ってもんですよ。

「偉大なる我が王より、貴君らにご下問がある」

なんとか声を抑制し使者が告げる。

「つまり、私たちに王城まで出向けと？」

「然り」

用がある方が呼びつけるとは何事か、と、怒ったのでは交渉も何も成立しない。

アズール王国に限らないが、専制君主の意志というものは、すべての法と常識に優先する。

王様が白と言えば、カラスだって白くならなくてはならないのだ。

「承知いたしました。私としましても、この国の王には申し上げたき儀があります。良い機会を得たと思うことにしましょう」

「それは重畳（ちょうじょう）。おもてに馬車を待たせてある」

準備の良いことである。

頷いて、私が席を立った。

ティアマトも続く。

横目で、子爵のほっとしたような顔を確認しながら。

神仙（ハミット）というのは、やはり特別視されるものらしい。

建造物としての王城について、私は特別な感情を抱かなかった。

なにしろ建築様式とかの知識がないから。

ただ、夕張（ゆうばり）のめろん城や、登別（のぼりべつ）のニクス城より立派だなと思った程度である。

通されたのは謁見の間ではなく、内院（なかにわ）のような場所であった。

ミエロン家のものより数倍も広くて手入れも行き届いている。

四阿（あずまや）とかも設置されてるし。

すげー豪勢だが、大商人とはいえ庶民の邸宅と王家のそれでは、そもそも比較になるものではないだろう。

「私的な会談、という意味かな？」

「そうじゃろうな。公的に我らの為したことを非難するわけにもいかず、かといって称揚すれば王の権威に傷を付ける。しかし、直接に会って存念は確認したいというところじゃろう」

待たされている間、私とティアマトはごく軽い作戦会議をおこなっている。

といっても、いまさら決めるべきことは少ない。

王と面談して、甜菜糖の価格を決定させ、流通をコントロールする。

さらに、枝豆やギャグド肉を大いに食するようお触れを出してもらう。

この二点について依頼するのだ。

交渉術の選択などの、こまごまとした打ち合わせは、この半月ほどで完了している。

「私としては、謁見の間で申し開きをするって流れになるかと思っていたけどね」

じつはその方がありがたい。

公的な場だからだ。

そこでの決定は、そのまま国政に反映される。

……はずだ。

中世的な国家運営というのには、あまり詳しくないため、じつは確証があるわけではないのである。

ただ、他人のいる場で約束したことなら、そうそう破られることはないのではないか、と、勝手に思っているだけだ。

「それは難しいじゃろうの。我らは神仙じゃ。仮にも英雄王と同じ出身のものを、他の謁見者と同列に置くわけにもゆくまいよ」

「勇者様って神仙だったのかい？」

「言ってなかったかの？」

「初耳だよ」

「より正確には、神仙と思われていた、じゃな。本人がそう名乗ったわけではない。竜の郷よりまかりこした神仙にして英雄、と、立志伝に描かれておる」

権威付け（箔を付ける）のために後づけされた設定だろう、と、ティアマトが付け加える。

神格化、偶像化。

どこの国の建国記にも見られるような記述だ。

もちろん日本だって同じ。

現代人なら笑い飛ばすような話でも、ここは中世的なファンタジー世界である。

「だから私たちも神仙って名乗ったってことかな？」

その後の動きに権威をつけるために。

ただの人間が人を救おうとするよりも、人々が納得しやすい理由だ。

「んむ。それに嘘というわけでもないしの。出身が同じなのは事実じゃろうて」

かかか、とドラゴンが笑う。

現代日本を竜郷と思いこんでいるのはこちらの人の勝手だ、と。

「詐欺師も真っ青な論法だよ」

私は肩をすくめてみせる。

相手が誤解することを前提に話を進め、誤解を解く努力をいっさいおこなわない。まさに確信犯というべきだろう。

ティアマトにかかれば、この世界の純朴な人々など特殊詐欺(オレオレ詐欺)事件の被害者よりも簡単に騙(だま)せてしまう。

「褒められたと思っておこうかの」

「うん。わりと褒めてないけどね」

馬鹿な会話を進めるうちに、内院に人影が現れる。

この世界の人にしては体格も良く、だいぶ薄くなってはいるがモンゴロイドの特徴が残っている。

茶味がかった金髪とこげ茶の瞳をもった堂々たる体軀の青年だ。

年の頃なら私と同じか少し上といった風情だが、見た目だけで年齢を推し量るのは難しい。

この城の主にして、アズール王国の主権者、ラインハルト五世である。

本名は、ラインハルト・ミシマという。

この国を乗っ取った勇者の末裔である。

続柄（つづきがら）としては、子の子の子の子の子。難しい言葉だと昆孫（こんそん）ということになる。

ちなみに五世というのは、王位を継ぐ彼の直系は代々ラインハルトと称しているためだ。

それで姓の方はミシマなのだから、ちょっと笑ってしまう。

もちろん誰のどんな名前だって本人の責任ではない。笑うような失礼な真似はできないのだが。

王が伴った護衛はわずかに三名である。

鷹揚（おうよう）なのか無警戒なのか。

私とティアマトが席を立ち一礼する。

「初めて御意を得ます。国王陛下」

「お呼び立てして申し訳なかった。神仙どの」

さすがに頭までは下げなかったが、けっこうフレンドリーな態度だ。

あるいは、使者がティアマトの機嫌を損ねかけたことが報告されているのかもしれない。

「まさか陛下自らが赴くというわけにもいきませんから。仕方のないことだと理解しております」

「そう言ってくれると助かるよ。エイジ卿」

身振りで王様が椅子を示す。

鷹揚な態度だ。

悪政を敷いているような人物には見えない、と、そこまで考え、私は内心で苦笑する。

べつにラインハルト王は、悪政など敷いていない。

租税は高くもなく、戦乱もなく、ありきたりな表現を用いれば民は泰平を楽しんでいるのだ。

彼は知らないだけ。

平和と繁栄の陰で、静かに滅びが近づいていることを。

「お聞き及びかもしれないが、朕の祖先も神仙だったのだ」

「んむ。知っておるよ。シズルじゃな。彼とは幾度か言葉を交わしたこともあるでの」

応えたのはティアマトだ。

本当かどうかは判らない。

というか、たぶん嘘だろう。

このドラゴンは息をするようにホラを吹きやがる。

なんてやつだ。

「ほほう！」

そして簡単に王様は騙される。

うん。もうちょっとだけ警戒しようね。

ドラゴンが言うことだって、神仙の言葉だって、ホントだとは限らないんだよ？

それにしても、シズル・ミシマね。

私の記憶層に引っかかる名前だ。

しかもあんまり良い記憶じゃない。

まさか異世界に来てまで耳にする名前だとは思わなかったよ。それとも、勇者とは本当に彼なのか？

自ら命を絶った後、この世界に導かれたとでもいうのか。

「さほど親しかったわけでもないがの」

「いやいや。これも何かの縁というものだろう。朕は祖先の顔すら知らぬがな」

ラインハルト王が呵々大笑する。

あたりまえである。

六代前の先祖と話したことがあったりしたら、そっちの方が異常だ。

写真などもまだ発明されていないのだから、顔だって肖像画くらいでしか見たことがないだろう。

冗談として笑い飛ばす程度の器量を持っている、というアピールか。

軽食とお茶をトレイに載せた使用人が、しずしずと近づいてきた。

なるほど、この王様は私たちのために午後の一刻を使うつもりのようである。

9

ひょいぱくひょいぱくとティアマトがお菓子をつまむ。

おいばかちょっとは遠慮しろ。

どんだけ飢えてたんだこの神仙って思われちゃうでしょ。

「んむ。なかなかに美味い。我らの作るずんだ餅よりずっと洗練されておるの」

そりゃそーでしょうよ。

甜菜糖じゃなくてハチミツとか使ってるだろうし、専門の料理人とかが作ってるんだろうし。

私たちの素人甘味と比べてどうするって話だ。

「それよ。貴公らが売り出しているものについて、いささか興味があったためご足労願った」

ラインハルト王が、すっと自然に本題に入る。

さすがだ。

それとも、そうなるようにティアマトが水を向けたのか。

なんか駆け引きが高度すぎて、私は口を挟めないぞ。

ずず、とお茶を飲む。

なんかやたら甘い。

ハチミツをふんだんに入れてるぞー、金持ちだぞー、という自慢だろうか。バランスというものがあるだろうに。

「その話をするには、市中に蔓延する病の話から始めねばなるまいの」

「病だと？」

「んむ。白米ばかりを食べることによって起こる病じゃ。我ら神仙は、脚気と呼んでおる」

王が考え込む素振りをする。

聞いたこともない病名だろう。

しかし、もう何年も前から脚気を遠因とする死者はでている。

彼の耳にも当然入っていなくてはおかしい。

市中では原因不明で治療法不明とされているそれを、ラインハルト王はどう解釈しているのだろう。

「貴公らの売り出している仙豆（ハミットビーンズ）とやらが、薬だというのか？」

「薬ではないがの。仙豆の中には脚気を防ぐ栄養が含まれておるのじゃ。ギャグドの肉にもの。ゆえに我らは、それらを食させるための方法として、ずんだ餅の作り方も教えたという次第じゃ」

ティアマトが笑う。

だいたい過不足のない説明だ。

私から付け加えることはないかな？

「ふむ。貴公らが我が民を救ってくれるというわけか」

「そんな立派なものでもなかろ。我らが為しているのは、シズルの尻ぬぐいじゃよ」

あ、その言い方はだめだよ。
「なんだと？」
ほら、機嫌を損ねちゃった。
先祖の失敗を論われたら、どんな温厚な人間だって不本意だろう。
まして英雄王は、彼にとっても誇りだろうし。
私は雰囲気を変える必要性を感じた。
半ば挙手するように……。
あれ？
腕があがらない？
ていうか、なんでこんなに身体が重いの？
「ど……」
どうなってるんだティア、と、私は相棒に呼びかけようとした。
しかし、できなかった。
喉の奥からせり上がってきたのは声ではなかったから。
赤いカタマリ。
ごぼりと吐き出す。
なんだこれ……？
なにがどうなって……？

「衛慈!? きさまぁ！ なにをしたっ!!!」

怒りを爆発させた相棒の声が遠くから聞こえる。

それが、私がその世界で知覚した最後のものだった。


「一ヵ月足らず。ずいぶんと早い帰還だね。風間エイジくん」

何もない空間。

徐々に鮮明になってゆく意識。

耳道に女性の声が滑り込んでくる。

私はここを知っている。

「……そうか……私は死んだんですね……」

始まりと同じ。

バカみたいにぼーっと突っ立っている私と、正面には絶世の美女だ。

「ああ。君は生を終え、約束に従って戻ってきた。一ヵ月弱というのは意外な短さではあるけれど、毒殺というのはべつに意外な結末ではないね」

そうか、私は毒殺されたのか。

たぶん供されたお茶だ。

あれに毒が入っていたのだろう。やたらと甘かったのは味をごまかすためとか、そんな感じ。

なかなかに慎重なことである。

そんなことしなくても、私には毒の味など判らないのに。

「フレンドリーに思えたんですがね……」

「最初から君を殺すつもりで呼び出しているのだよ。友好的に見える程度の演技はするだろうね」

話し合いの余地など初めからなかった、ということだ。

ラインハルト王は質問の形式をとっていたが、当然のようにあれも演技だろう。

すでに調べはついていた。

私たちがやってきたことも、その目的も。

動機としては至極簡単である。

国に英雄は二人も必要ない。

英雄王シズルの治績を否定するような存在など、邪魔者以外のなにものでもない。

だから殺した。

「そうだね。おおむねその通りだろう。よく気がついた」

「阿呆の知恵は後から出るってやつですよ。殺された後に気づいても、なんにもなりゃしませんて」

私は肩をすくめた。

「もっともだ。もう少し詳しく説明すると、君たちの行動に関して王国政府はずっと監視していた。街に入るときに神仙と名乗ったからね」

「おっと。そこから始まっていましたか」

門兵さんは、じつに職務に忠実だった。

私とティアマトについて、ちゃんと上に報告していたのである。

見た目通り、真面目な人物なのだろう。

「つまり私たちは泳がされていた、というわけですね」

「正解だよ。理由の説明は必要かな？」

「だいたい判りますよ」

ふらりと立ち寄った旅の神仙。

彼らが目撃するのは、住民たちの病。

放置するか、救おうと動くか。

王国政府は後者だと踏んだ。かつての英雄王がそうだったから。

困っている人を放っておけないお節介。英雄王も私も典型的な日本人気質の持ち主だったというわけである。

そして、私は脚気の治療法を示した。

アズール王国が待ちに待っていた解答だ。

ついでに、砂糖の精製法まで教えてくれた。

これはアズールに巨額の富をもたらすだろう。

うん。

もう充分だよね。生かしておく理由はないわ。

必要な知識を得た。あとは私の名声がこれ以上あがる前に処理する。

「まったく見事な算術ですね。お利口なことです」

私は唇を歪めた。

「私に悪意をぶつけても意味はないよ。風間エイジくん」

「……失礼いたしました」

「ともあれ、少し未来の話をしようか」

そう言い置いて、監察官が語り始める。

私こと神仙エイジは殺害され、脚気の治療法は英雄王の末裔が考案した、ということにされた。

それが虚偽だと知っている人間は、王国にとって非常に不都合な存在である。

私の死と前後して、ミエロン商会と冒険者ギルドには刺客が送られていた。

結果、ミエロン氏とガリシュ氏、その奥方が凶刃に倒れる。

かろうじて難を逃れたミレア嬢は、サイファのチームに守られて王都リシュアからの脱出に成功した。

ベイズやヒエロニュムスとともに。

そして逃避行の中、王城で一暴れして逃げてきたティアマトと合流する。

彼らが新天地を求めたのは、隣国のノルーアだった。

ノルーアもまた、英雄王のもたらした米食によって食糧事情が飛躍的に向上したものの、脚気に悩まされていたからである。

　一方、知識を独占したアズール王国は、枝豆と砂糖の専売化をおこなった。

　謎の奇病に対する特効薬と、新しい甘味料だ。

　それは空前の富をアズールにもたらすはずであった。

　しかし、そうはならなかった。

　二年後、ドラゴン、フェンリル、ケットシーの力を借り、ノルーアを簒奪して王となったサイファが襲いかかったからである。

　数十年に亘る戦乱の始まりだった。

　大陸は乱れに乱れ、多くの人が死んでいった。

　のんきに稲作にいそしむ余裕は、まったくなくなった。

　食糧事情は悪化の一途をたどり、米の生産も減り、精米してかさを減らすような真似はできなくなった。

　ちょっとでも量を増やし、栄養を摂るため、玄米を食べるようになった。

「こうして、大陸から、世界から脚気の猛威は去っていった」

「戦によって？」

「戦によって」

「そんな馬鹿な話がありますかっ！　もっとたくさんの人が死んだんじゃないですかっ!?」

「だろうね。この戦争によって亡くなった人間の数は、直接間接を問わず数百万にのぼったよ」

「そんな……」

「しかしそれは、ありえない病気による死ではない。闘争による死は地球世界でも幾万幾億とあった」

一度、監察官が言葉を切る。

「おめでとう。風間エイジくん。君はあの世界を救ったよ」

10

何を成せば成功なのか判らない。

異世界生活を始めるとき、私はそう思った。

その解答を監察官が与えてくれた。

ありえない病気を駆逐し、あるべき歴史の姿へと戻す。

戦乱の中、英雄王シズルのもたらした文化も、私のもたらした知識も忘れ去られてゆくだろう。

地球の五世紀ごろには存在しなかった、脚気などというふざけた病気は消えてゆく。

「……ふざけんな」

押し殺した声を絞り出す。

これが、本当に救ったといえるのか。

存在するはずのない病気での死はＮＧで、戦争による死はＯＫとか。人間をなんだと思っているのだ。

馬鹿にするのもたいがいにしろ。

「気を悪くするのも当然だね。尻ぬぐいが気持ちの良い仕事のはずもない」

「そこまでわかっていて！　あなたは‼」

「最初に私は言ったよ。風間エイジくん。世界渡りという制度は好きではないと」

……たしかにそうだ。

そう言っていた。

そして私も、こんな制度は好きになれない。

好き勝手にいじりまわして、壊してしまった世界。

それを修復するのに、また多くの血を流さなくてはいけない。

「……私にもう一度機会をいただけませんか？　監察官」

「ほう？　君の仕事は終わったはずだが？」

「…………」

「それに、そこまで熱心にあの世界のことを考える理由が、私には判らないね。何がそこまで君を掻きたてる？」

美女のご下問だ。

なぜだろう。

少し笑っている気がする。

だからこそ、私は確信を持っていうことができた。

「監察官。あなたは私に嘘をついていましたね？」

「ほう？」

「異世界の修理役、勇者の尻ぬぐい役は、私ではなくティアマト。違いますか？」

監察官の唇が半月を形作る。

明らかに楽しんでいる表情だ。

「こころみに、君の推理の根拠をきこうかな。じつに興味深いよ」

「サポート役にしては、彼女の能力が高すぎますよね。むしろ私いらないですよね」

「あえて凡百（ぼんじん）の徒を選んだと、私は言ったと思うけどね」

「ダウトです」

私は平凡な小市民。それはまぎれもない事実だ。

しかし、そんな人物は文字通りいくらでもいる。いくらでもいるから平凡というのである。

それでも、私が勇者とまったく無関係な人間であったなら、宝くじに当たるような数学的確率で選ばれたといっても、絶対にないとは断言できないだろう。

しかしそうではない。

勇者は私の関係者だ。

直接の、ではないが。

三嶋静流（みしましずる）。

私の恋人、三嶋綾乃の弟である。

六年前に自ら命を絶った。

直接会ったことはない。むしろ私が恋人と知り合ったのは、彼の死後のことだ。

高校生だった弟がいじめを受けており、それによって不登校となり、思いあまって自殺した。

そういう話を聞いたのは、彼の死から何年かが経過した後である。

それは、心の季節を進めるために必要な時間だったのだろう。

恋人とはいえ他人に話せるほどに傷が癒えるまでに。

「ティアマトが私のサポート役を務めていたのではなく、私が彼女を補佐していた」

一度、言葉を切って監察官を正面から見る。

強い瞳で。

「そしてティアマトとは、アヤノですね?」

大きく息を吸い、私は言い放った。

「ほう？　そこまで読んでいたか」

「考えてみれば、おかしなところはいくつもあったんですよ」

名前を付けるとき候補としてアヤノの名が最初に出た。

それだけなら、インストールされた無駄知識ということで説明がつく。

同じ部屋に寝ることも、くっついて寝ることにも、まったく忌避感を示さなかった。

種族が違うから、恋愛対象ではないから。

たしかにそうだろう。私もそのときはそう思った。

だが彼女は、私の愛読書を読んだと言っていたのだ。

インストールではなく。

最初から向こうの世界の存在であれば、地球の本を読むことなどできない。

通信販売サイトは異世界までモノを届けてはくれないから。

そしてなにより、彼女自身が出身地を問われ、竜郷だと応えている。

竜郷……つまり現代日本の出身で、私の愛読書を読んでおり、私と一緒に寝ることに忌避感がない、アヤノという女性。

「そんな人物は、ひとりしか該当しないんですよ。監察官どの」

「……お見事。お見事だよ。風間エイジくん」

言いつのった私に、一瞬だけぽかんと口をあけた後、監察官が拍手を始めた。

「やはり地球人は侮れない。姿形は変わっていても、ちゃんと恋人は判るものなのだな」

「死んでから気づく程度の、情けない恋人ですが」

もちろん、他にもたくさんおかしなところはあった。

ドラゴンなのに、自分のブレスの威力をきちんと認識していなかったりとかね。

ヒントはあったのに、私が確信を持てたのは、まさに自分が死んだときだった。

最後の最後、彼女の取り乱しようで気がつくとか。恋人として、婚約者として、どうなんだって話だろう。

「推理通りだよ。風間エイジくん。修理人としてあの世界に召還されたのは、君ではなく君の恋人だ。現地神は、世界を滅茶苦茶にした犯人の血縁者に責任を取らせようとしたんだよ」

拍手を止め、美女は生真面目そうな表情になる。

「なんてことを……」

弟を自殺で失った女性に、追い打ちをかけるような仕打ちだ。

勇者を召還したのは向こうの神だろうに。

責任というなら自分で取れ。

血縁者に押しつけるとか、盗人猛々しいとは、このことを指すのだろう。

やりきれない怒りに私は奥歯を噛みしめる。

「私も反対だった。何を考えているのかと抗議もした。しかし、制度上、現地神の要請は受け入れなくてはならない。それで私は、彼女と労苦を分かち合える者を補佐役として付けることを条件として提示し、承諾させた」

「それが私というわけですか」

「不満かな？」

「いえ。ありがとうございます。心より感謝します」

彼女の救いとなる存在。それは私であるべきだ。

私でなくてはならない。

余人にこの座は、絶対に譲れない。

「君ならそう言ってくれると思っていたよ。風間エイジくん」

「その上で、伏してお願い申し上げます」

何もない空間に土下座し、頭をすりつける。

「どうか私に、もう一度チャンスをください。あいつを助けるチャンスを」

「顔をあげたまえ。風間エイジくん。簡単に土下座しては、君の価値を下げることになるだろう」

監察官が微笑する。

慈愛に満ちた笑顔だ。

「事前説明の不備。これは明らかにこちらの手落ちだ。ゆえに君の要請を受け入れよう」

片目をつむる。

この人は！

最初から説明不足を不備として用意していたのか！

私が気づいて指摘したら、それを理由にやり直しができるように。

「しかし風間エイジくん。私に切れる切り札（トランプ）はこの一枚こっきりだ。次はない。次に死んだら本当に君の役目は終わる」

チート能力もなく、基礎能力も並以下。それでも私は生き延びなくてはならないというわけだ。

いいだろう。

望むところだ。

生涯をかけて守り続けたいと思った。だから婚約したのだ。

「ゆめゆめ油断するなよ。風間エイジくん」

「肝に銘じます。監察官」

応える言葉と同時に、私の身体は光に包まれる。

驚きはない。

すでに経験していることだから。

この光が消えたとき、私はふたたびアズールの地を訪れる。

目の前の美女の姿が薄れてゆく。

「あれ？」

私は首をかしげた。

監察官の姿が消えるのは前回と一緒だが、代わって別の誰かが登場したからである。

この演出はなかった。

たぶん高校生くらいだろうか。

優しげな瞳をもった男の子だ。

面識のある人物ではない。が、どことなく私の恋人の面影がある。

「……シズルくん、かい？」

応えはない。

私の声が届いているのかいないのかすら判らない。

たぶん、同じ時間に存在しているわけではないから、とかいう、すごいふんわりした理由なんだろう。

解釈がSFすぎて、あんまりピンとこないよ。

けどかまわない。

私にとっては大切な義弟だ。

「大丈夫だよ。シズルくん。きみの子孫たちじゃないか。今回はちょっとボタンを掛け違えただけだって」

聞こえていないかもしれないけれど、私は安心させるように言った。

「きっと理解してくれるよ。私とアヤノを信じて欲しいな」

少年の姿が薄らいでゆく。

かすかに、ほんのかすかに、彼が微笑したように見えた。

私もまた頷いてみせる。

義弟の描いた物語、バッドエンドで終わらせるわけにはいかない。

彼が救った人々には、ちゃんと幸福になって欲しい。

だから。

もう一度、私は飛ぶ。

南野雪花（みなみの・ゆきか）

北海道在住。新井素子、菊地秀行、田中芳樹らの影響を受けて小説を書き始める。PBMのマスターなどを経て、2015年から小説投稿サイト「小説家になろう」に投稿を開始。本作がデビュー作となる。

レジェンドノベルス
LEGEND NOVELS

異世界再建計画(いせかいさいけんけいかく) 1
転生勇者の後始末(てんせいゆうしゃのあとしまつ)

2019年3月5日　第1刷発行

[著者]　南野雪花(みなみのゆきか)
[装画]　Kotakan(こたかん)
[装幀]　坂野公一（welle design）

[発行者]　渡瀬昌彦
[発行所]　株式会社講談社
〒112-8001 東京都文京区音羽2-12-21
電話 [出版] 03-5395-3433
[販売] 03-5395-5817
[業務] 03-5395-3615

[本文データ制作]　講談社デジタル製作
[印刷所]　豊国印刷株式会社
[製本所]　株式会社若林製本工場

N.D.C.913 250p 20cm ISBN 978-4-06-514248-6

レジェンド
ノベルス
LEGEND
NOVELS